Sophie Bénastre

Mélodie en sous-sol

oskar
éditeur

25 novembre

J'attends…
D'ailleurs que puis-je faire d'autre ?
Maman va sûrement arriver.
Elle est déjà en route.

Chapitre 1

— S'il vous plaît ! On ne va peut-être pas passer l'heure là-dessus ! Thomas ? Tu m'écoutes ? On ne va pas passer l'heure là-dessus ?

Martine Maupas a haussé le ton pour couvrir le brouhaha des élèves. Thomas est debout et, tout en levant la main, hausse la voix :

— C'est que monsieur Manier veut me coller, Madame ! et moi, vu que…

— Stop ! gémit la professeure, je ne veux rien entendre tant que nous n'aurons pas un minimum de calme !

Le chahut s'amplifie encore. Certains en profitent pour dire ce qu'ils ont à dire à gauche ou à droite. D'autres cherchent un cahier ou quelque chose dans leur sac. Au fond, un garçon froisse un papier rageusement. Un autre bat de son ongle le rythme sur la table…

Pourtant, Thomas s'arrête peu à peu d'expliquer sa longue entrevue d'hier soir avec monsieur Manier, professeur de technologie, et se rassoit doucement. Il a vu que madame Maupas parlait, mais… il n'a pas entendu sa phrase. Alors, aussitôt il fait « chut » aux pipelettes qui vocifèrent sur le côté. Il fait des gestes avec ses mains pour apaiser ses copains. Certains ne sont pas du genre à se taire. Mais Thomas, le redoublant, le « grand », est respecté par l'ensemble de ses camarades. Il en joue parfois mais pas souvent. Il sait qu'il est craint, mais ce qu'on pense de lui lui est complètement égal. Il sait qu'il est plus vieux, puisqu'il a redoublé deux classes, mais il reste dans son rôle de collégien. Il n'a plus le choix. Il n'avait qu'à faire moins le zouave ! Il sait aussi qu'il plaît aux filles avec son look « cool », ses cheveux longs et ses yeux noirs. Est-ce qu'il a une petite amie ? Est-ce qu'il en a eu beaucoup ? Personne ne peut vraiment répondre. Sa vie privée est privée. Et son mystère le rend sûrement encore plus attirant.

Maintenant, Martine Maupas se tait et regarde alternativement chaque élève encore en mouvement. Peu à peu, le rythme de la classe ralentit. Les mots se raréfient, les intonations se font moins emportées, les expressions s'effacent peu à peu sur les visages. Les uns après les autres, les élèves se taisent ou s'immobilisent. La prof répète à voix basse :

— Impossible de parvenir à quelque chose dans le bruit, vous n'êtes pas d'accord ?

Le faible volume de sa voix fait cesser tous les bruits persistants. Mais en plus du silence, il y a quelque chose dans la classe. Madame Maupas regarde, observe et cherche l'anomalie. Et, subitement, elle s'aperçoit du manque flagrant.

— Jeannette n'est pas là ?

Toutes les têtes, comme une seule, prennent une direction différente. Et le point d'arrivée est étrangement vide.

L'enseignante s'adresse aussitôt à Corinne, l'amie de Jeannette :

— Corinne ! Tu sais pourquoi Jeannette n'est pas là ?

Corinne, maladivement timide, hoche la tête de gauche à droite et hausse les épaules.

— Curieux ! Ce n'était pas Jeannette qui devait faire son exposé aujourd'hui ? Madame Maupas cherche maladroitement dans ses notes et rectifie aussitôt. « Ah non, c'est Jules aujourd'hui. Curieux tout de même ! » répète-t-elle en jetant, une fois encore, un regard soupçonneux à la chaise vide.

Corinne se ratatine un peu plus.

Chapitre 2

Que pouvait-elle faire d'autre, sinon dodeliner de la tête de gauche à droite ? Ah oui ! Elle aurait pu répondre un truc du genre : « Non, Madame, je ne sais pas pourquoi Jeannette est absente ! Elle ne devrait pas tarder à arriver. » Non ! Au lieu de ça, elle s'est recroquevillée comme une grosse nouille de peur d'attirer l'attention des autres sur elle. Chaque fois elle se maudit, mais c'est plus fort qu'elle ! Si elle pouvait, elle s'effacerait. Devenir l'élève invisible, quel bonheur ! Il n'y aurait que sa voix. Fini d'essayer de calfeutrer ces affreux boutons du front derrière sa frange filasse ! Fini de planquer son arrière-train sous deux longueurs de sweats ! Et ses pieds, enfin… elle devrait dire « ses péniches » ! Bref… le pouvoir d'invisibilité… ça ce serait top !

Et puis, honnêtement, elle n'a pas la moindre idée sur « le pourquoi du comment » son amie est absente. C'est bien simple, Jeannette n'est jamais absente. Pour la bonne raison que Jeannette n'est jamais malade. Solide, souriante, pleine de ressources et de peps, la fillette, du haut de ses douze ans, a de l'énergie à revendre. Toujours positive malgré le drame qu'elle a traversé. D'ailleurs, elle n'en parle jamais. Toujours à chantonner un air gai. Et puis, comment peut-on connaître autant de paroles de chansons ? Et même… en admettant qu'elle soit malade… Jeannette ne l'aurait pas montré. Elle aurait trouvé une astuce pour faire diversion, un prétexte pour justifier son manque d'allant. Et même… en admettant qu'elle ne soit pas parvenue à surmonter son malaise, sa mère ne l'aurait pas laissée rater l'école, à moins d'une raison ultra-giga importante. Il y aurait eu négociation, et va savoir laquelle des deux acharnées l'aurait emporté. Autant dire qu'il n'y avait aucune chance pour que la chaise de Jeannette soit vide aujourd'hui, mardi 25 novembre. Non !

Les deux filles se connaissent depuis le CP. C'est dans la petite bibliothèque de l'école qu'est née leur amitié. Parler des histoires qu'on a lues, ce n'est pas parler de soi. Alors, dans ce lieu, la petite timide devenait presque bavarde.

À bien y réfléchir, un train devait sans doute être sorti de ses rails, et, vu sa vitesse, il avait pris un virage tellement sur la droite qu'il avait échoué sur la maison de Jeannette, le numéro 10 de la rue des Campanules. L'habitation, sous le choc, s'était effondrée aussi facilement que les tours du World Trade Center, écrasant Jeannette et sa collection de pingouins. Il ne pouvait s'agir que d'un scénario dans ce genre-là…

Corinne fait maintenant mine de suivre le cours qui commence. Pareille à un petit robot bien programmé, elle prend les mêmes objets que les autres élèves, met en place, sur sa table, son petit espace personnel, prend la posture adéquate et, même, place sur son visage l'expression attendue. Mais, dans le coin de ses circuits, le mystère commence à germer et l'inquiétude s'installe.

Chapitre 3

— La mère de Martine Plâtrier a téléphoné, elle a rendez-vous chez le dermato à onze heures. Benjamin Adenet est toujours souffrant. Odile Le Foll aussi. La grand-mère de Coline Fécamp a laissé un message à six heures trente…

— Six heures trente ? Ben tiens, pourquoi pas la nuit pendant qu'on y est !

— … pour nous informer que la petite avait de la fièvre. Et, enfin, Carlos Parolat arrivera après la cantine avec un mot de ses parents. Voilà… Bonne journée !

Madame Vincent n'a pas le temps de répondre quoi que ce soit, la ligne est déjà coupée. Elle sait qu'au standard chaque minute est précieuse, mais tout de même… Bref, inutile d'être susceptible à sept mois de la retraite. Au diable tout ça, et adieu tous ces petits papiers bleus et roses qui cherchent à disparaître au moindre courant d'air, et qui rêvent de lui faire avaler des couleuvres. Tous ces prétextes de retards, sans aucune originalité. Parfois… un motif sort du lot, et, là, madame Vincent savoure l'instant !

— Motif ?

— Le bus.

— Le bus ? « Le bus a été pris en otage », « Le bus s'est perdu dans le brouillard », le bus… quoi ? Faites des phrases, nom d'une pipe en bois d'érable !

— Motif ?

— Embouteillage.

— Je te rappelle que tu viens à pied, Lucas !

— Ah, oui, exact ! répond Lucas, comme s'il venait, à la seconde même, de se rendre compte qu'effectivement il venait à pied !

— Motif ?

— J'suis en retard.

— Oui, ça je m'en suis aperçue. Mais le motif ?

— Beennn !!! Transport !

— Motif ?

— …

— Mo-tif ?

Parfois, madame Vincent prend le temps de regarder les rougeurs de ces visages qui cherchent désespérément une raison valable. Parfois, elle s'extasie devant une assurance qu'elle n'aurait jamais eue à cet âge. Elle contemple avec intérêt ceux qui font mine d'être essoufflés, tentant de reprendre une respiration normale pour parvenir à placer une petite excuse sans épaisseur. Quel grand jeu d'acteur ! Parfois, elle s'amuse de l'ingéniosité de certains, de l'inventivité de cette jeunesse.

Elle se souvient de Clémence Verrier, en quatrième, l'année dernière.

« Vous allez pas me croire, m'dame ! (Quand ça commence comme ça… Aïe ! Tout est à craindre !) Eh bien, en fait, hier soir, je voulais réviser mon évaluation d'histoire et j'avais froid ! Alors je me suis adossée au radiateur électrique de ma chambre et… je me suis endormie ! Et voilà… j'ai le dos brûlé au cinquième degré ! Alors vous comprenez, ce matin, pour enfiler mes habits… !

— Donc, comme motif, je note "radiateur" ? C'est ça, Clémence ?

— Mais j'vous jure, madame Vincent, j'vous montre si vous voulez ! »

Et voilà Clémence qui se tortille et commence à se débattre entre son sac à dos et son blouson.

Si elle ne l'avait pas arrêtée, la jeune fille aurait continué son effeuillage. Vraiment étonnante, cette jeunesse !

Mais il faut bien l'avouer, la majeure partie du temps, madame Vincent s'ennuie ferme et aimerait plus de sincérité de la part de ses élèves. Ou plus de courage !

Elle enregistre enfin sa dernière absence quand son téléphone sonne à nouveau.

— Madame Maupas a envoyé Thomas Gabet nous signaler l'absence de Jeannette Beauval en cinquième C. Je vous fais le numéro des parents ?

— Bien sûr ! Appelez-moi sa mère, s'il vous plaît, répond-elle, toujours concentrée sur son écran.

Il est 9 h 12.

Chapitre 4

Il fait froid et gris dans le salon. Béatrice Beauval, la mère de Jeannette, est blottie dans le canapé jaune pâle, quelques coussins au creux du ventre. Son regard reste posé sur la table basse depuis de longues minutes. Elle songe à cette journée de fou qu'elle vient de passer. Elle n'a pas le cœur à chanter, mais elle n'y peut rien… un air triste que fredonnait sa grand-mère lui traverse l'esprit :

« Où es-tu, mon amour ?
Sous quels cieux. En quel séjour ?
Le silence de l'absence semble lourd.
J'ai gardé de ta voix
les échos troublants et tendres.
Il me semble les entendre

quelquefois.
Reviens-moi, mon amour.
Le temps passe, le temps court.
Et mon âme
te réclame
nuit et jour. »

Où est ma Jeannette, mon amour ?

Le souvenir de sa soirée au commissariat la hante. Ce commissariat où elle a bien fini par aller, après des heures de vaines recherches. Chaque détail revient en force. Elle entend aussi la voix de sa fille qui fredonne. À quoi se raccrocher d'autre ? Pour l'instant, en tout cas. Parce qu'il est évident que ce cauchemar va prendre fin ! Que le téléphone va sonner avec au bout du fil une explication. Ou que la sonnette va retentir dans la maison et qu'une « réponse » sera debout derrière la porte. Peu importe l'explication, crédible ou non, peu importe la réponse, vraisemblable ou pas.

Tout vaut mieux que ces questions aussi blessantes que la lame effilée d'un couteau : « Quels habits portait-elle ce matin ? », « Pour quelle raison partait-elle à pied jusqu'à l'école ? », « Avait-elle un comportement bizarre ces derniers temps ? », « Avez-vous trouvé un mot, un indice ? ».

C'est si dur de répondre à tout ça. On peut penser qu'une mère sait répondre à ce genre de question, mais c'est archifaux. Est-ce qu'il savait, lui, le capitaine Merschal, la couleur de ses chaussettes, bien rangées dans ses mocassins abominables sous ce bureau ? S'en souvenait-il ? Il y avait fort à parier que non ! Pourtant, c'étaient ses propres pieds, ses chaussettes à lui tout seul, qu'il avait attrapées lui-même dans son tiroir et qu'il avait enfilées. Une fois à droite, une fois à gauche. Alors ! Il la connaît, la couleur ? Mon Dieu, qu'il arrête avec ce regard par-dessus ses piles de dossiers ! Ce regard suspicieux, condescendant, c'est selon. « Et puis, qu'il est laid ! » rage Béatrice.

En réalité, ce qui la blesse dans ces questions, c'est qu'elle n'est pas fichue d'y répondre avec certitude. Les « heu ! », les « peut-être » et les « il me semble » ont ponctué son récit. Non seulement ça la rend suspecte d'être une mère « bas de gamme », mais, par-dessus tout, elle a honte. Une honte à pulvériser les murs.

Que s'était-il passé ces derniers temps ? Elles qui étaient si fusionnelles. Cette enfant est son double, sans aucun doute. Quel plaisir elle a à entendre sa jolie voix, à découvrir et redécouvrir ses mimiques, ses sourires, ses regards. C'est une joie sans fin de la voir bouger, manger, rire, s'exprimer.

Cette magie dure depuis la fin de ses cris à la clinique. Cette magie qui débuta lorsqu'elle attrapa son sein, cette magie-là… est toujours intacte. Jeannette est sa petite merveille, sa princesse et sa fée. Jeannette est, à elle seule, une leçon de bonheur. Sans elle dans sa vie, Béa n'aurait pas insisté.

Pourtant, Béa doit bien admettre que, ces derniers temps, elle a moins porté attention à sa fille. Depuis quelques mois, elle se sent toujours extrêmement fatiguée en rentrant du boulot. Le réveil est, chaque matin, une torture. Le coucher est en revanche savoureux. Elle rentre vers 18 heures, les yeux creusés, le corps sans force, vidée. Elle sait qu'elle doit faire des analyses. Une prise de sang au moins. Cette fatigue n'est pas normale. Le fait est, que depuis peu, les « oui, oui, ma puce » ont pris la place des discussions détaillées. Alors… oui ! Jeannette a un peu plus de liberté. Enfin, c'est infime ! La fillette peut, par exemple, choisir ses vêtements d'un bout à l'autre. Béa vérifie juste qu'ils sont adaptés à la météo. Jeannette gère ses devoirs presque entièrement seule. Ne reste plus qu'à vérifier que les leçons sont sues, et c'est d'ailleurs toujours le cas. La confiance est totale entre elles deux, et Béa sait bien que sa fille est de nature sérieuse et raisonnable. Et puis, surtout, depuis la rentrée, elle l'a autorisée à se rendre seule au collège et à rentrer le soir dès 16 h 30. Ses clefs sont rangées au fond de son sac. Non, pas rangées… accrochées à un mousqueton cousu au bout d'une bande élastique fixée au fond de son sac… Alors ? C'est pas du prévoyant, ça ? C'est pas une maman qui pense à tout, ça… ?

« Pour quelle raison partait-elle à pied jusqu'à l'école ? » Devait-elle vraiment répondre à cette question ? Si elle était à cent pour cent sincère, elle aurait répondu à la police : « Parce qu'elle vient d'avoir douze ans et qu'elle est en âge de rentrer du collège seule, et qu'à un moment on se dit qu'il faut lâcher un peu la bride ! Les responsabiliser, les valoriser, leur faire confiance pour les faire grandir. Parce qu'avec mon boulot j'aurais dû la faire lever très tôt et que ce serait injuste puisqu'elle n'a que dix minutes de marche ! Et le soir, au lieu d'être dans une étude éclaboussée de néons et de raclements de pieds de chaises, ma fille peut se blottir dans le fauteuil de sa chambre en apprenant ses leçons. Parce que j'ai une confiance totale en elle et que je lui ai donné mille fois les conseils de prudence ! Et parce que merde… j'ai toujours eu peur de ça, une trouille sans nom qu'une ordure touche à ma fille, qu'un malade me la prenne, me la blesse… et que… Je me suis dit que c'était du délire, que j'étais folle, qu'il y avait une chance sur combien ? Une chance sur un million… que ça arrive ! »

« Vous êtes-vous disputée avec votre fille ces derniers jours ? »

Les coussins ne prennent pas assez de place contre son ventre. Béa les envoie violemment le plus loin possible à travers la pièce en hurlant.

C'est à ce moment-là de l'entretien avec le capitaine Merschal qu'elle a fait une erreur. Elle ne s'en rendra compte que plus tard, mais c'est après cette foutue question qu'elle a vu l'attitude du fonctionnaire de police changer imperceptiblement. En clair, on était passé du soupçon détaché à la condescendance culpabilisatrice.

« Ah ! »

Silence. Il se recale sur son siège et prend cet air de j'ai-tout-compris-on-y-est :

« Quel genre de dispute ? »

Mais Béatrice n'a pas analysé tout cela sur le coup. Elle a cru bien faire en étant totalement précise, et, parler de cette anicroche… c'était juste pour tout dire au cas où ça aurait de l'importance. Mais elle sait bien, là, dans son salon, que ça n'avait aucune espèce de foutue importance, que Jeannette a bel et bien disparu contre son gré et qu'il ne s'agit pas d'une fugue après une dispute.

Elle hait ce flic et son regard hautain !

26 novembre

Je sens mon sang qui tape sur mon bras.
C'est comme un rythme, un tambour discret.
Je suis au milieu d'un noir incandescent,
au milieu d'un silence rempli de musique !

« Et je cours,
Je me raccroche à la vie…
Des corps qui m'entourent,
Comme des larmes nouées… »

Chapitre 5

Béa tente de cacher sa mauvaise nuit sous l'anticerne. Fastidieusement, mais avec soin. Ses gestes sont lents et saccadés. Des gestes, qui, il y a encore une semaine, étaient banals. Et pourtant, aujourd'hui, c'est si difficile. Cacher sa peine sous le fard. Elle essaie de réparer ses yeux blessés par le chagrin. Jeannette aimait tant, petite, les séances de maquillage…

« Arrête de bouger ma puce, je vais déborder !

— Mouihhhh !

— Arrête de chanter aussi chérie.

— Ah ça, c'est impossible. Je fredonne alors.

— Voilà. Comme ça, ma douce. Maintenant fais "Mmmmmm" avec ta bouche ! Tire la bouche comme si tu souriais… bouche fermée !

Hop ! Hop ! Voilà, je crois ! Montre-moi ! Hop ! Et voilà ma biche !

— Je peux voir maman ?

Jeannette se hisse sur la pointe des pieds et se regarde en détail dans le miroir de la salle de bain : Et les yeux maman ? C'est le spectacle, ce soir… on peut faire les yeux ?

Elle avait six ou sept ans. C'était le jour du gala de danse.

Béa fixe le miroir comme si elle allait le transpercer, et ses yeux s'emplissent d'eau, tout doucement. Ses larmes ont la couleur de l'encre et laissent des chemins sombres sur son visage poudré. Des chemins noirs.

Son maquillage est gâché… comme leur vie.

Elle est maintenant en retard à son rendez-vous. Il a fallu qu'elle reprenne tout son « camouflage ». Elle a hésité, car elle voudrait aussi que sa détresse se voie, qu'on la prenne au sérieux. Mais le chagrin fait peur et il lui semble qu'une femme jolie sera plus écoutée qu'une épave. Surtout par un homme. Elle presse le pas sur la grande place centrale, sans prendre garde aux ombres qu'elle croise.

Elle a obtenu un rendez-vous avec un responsable

du quotidien régional. Elle a appelé aux premières heures ce matin. L'œil sur sa montre en attendant que le standard réponde. L'idée lui est venue cette nuit, alors qu'elle écoutait le moindre bruit en espérant. Elle monte, quatre à quatre, les marches du bâtiment et pénètre dans le hall.

Une petite blonde se dresse derrière son comptoir. Sixième étage, à droite. Une autre femme derrière un autre comptoir, et puis l'attente. C'était bien la peine de courir et de s'acharner sur le levier de vitesse de sa voiture, de prendre des risques sur le trajet, d'en faire prendre aux autres, inconsidérément. Elle doit attendre encore. Ces gens n'ont donc pas de pitié pour ses nerfs, pour son cœur qui va se briser à force de… Dix minutes déjà. Trente minutes. La secrétaire s'avance vers Béa et lui annonce que le directeur ne pourra finalement pas la recevoir. Une affaire importante. Ce sera Rose Martina, journaliste, qui va l'accueillir. Juste le temps de rejoindre son bureau. Ses efforts de maquillage lui semblent bien futiles maintenant.

Béa se retient de quitter les lieux en hurlant qu'on se fout d'elle, qu'elle a évidemment d'autres choses à faire. Mais elle se reprend aussitôt car elle n'a rien à faire finalement, sinon attendre. Attendre et prier. Son sang est un bouillon dont les bulles explosent à chaque seconde perdue. Perdue…

— Perdue. J'ai perdu ma petite, j'ai perdu mon trésor, je vous en supplie, aidez-moi, aidez-la, aidez-la !

Béa avait tenté de garder son calme, sa dignité en expliquant les faits à la journaliste. Mais à redire l'histoire, elle a craqué. Et la voilà courbée sur le bord du bureau, la tête dans ses mains, à sangloter sans pouvoir se calmer.

Rose Martina a les yeux pleins de larmes et ne cesse de déglutir bêtement. Elle sait que ce n'est pas professionnel. Elle sait qu'elle devrait garder ses distances, mais là… toute cette détresse la tourneboule. Elle cherche quoi faire, quoi dire. Elle se lève, fait le tour de son bureau et s'approche doucement de ces épaules secouées par la douleur. Elle pose délicatement ses mains sur cette mère désespérée. Puis elle se penche et l'entoure de ses bras. Elle ne calcule rien, elle accomplit simplement les gestes qu'elle aurait aimé qu'on lui offre dans cette situation. Béa s'accroche aux deux bras de cette inconnue et ses sanglots redoublent. Elle devine qu'elle peut se laisser aller, sans honte, sans retenue, et la profondeur de son chagrin résonne dans ce bureau.

Après d'interminables minutes, Béa commence

à se calmer et à reprendre son souffle. La journaliste finit par lui dire qu'elle a beau comprendre la gravité de la situation, elle ne peut pas faire grand-chose à part en parler à son patron. En réalité, c'est la police qui prend la décision de faire paraître dans la presse un avis de recherche, dans le cas d'une « alerte enlèvement »... Et c'est très rare, il faut bien l'admettre.

Les yeux de Béa se durcissent. Elle a perdu son temps alors ? Tout ça... pour rien ! Rose, en voyant la colère de madame Beauval apparaître, reprend tout de suite la parole.

— Mais il y a des tas d'autres choses à faire. On a un service repro de compète au sous-sol. On va rédiger un avis de recherche tout de suite sur mon ordinateur. Vous avez une photo de Jeannette ? Parfait ! Elle est récente ? Bien ! Allô Jean-Pierre, je descends dans cinq minutes pour imprimer un truc en... en cinq cents exemplaires. O.K., à tout de suite. Bien, madame Beauval... on se met au boulot, y a pas une minute à perdre !

Chapitre 6

Thomas prend son petit déjeuner. On est mercredi. Il n'a cours que ce matin. Il se demande ce qu'il va faire cet après-midi. Rester à la maison ? Quelle déprime ! Voir Corinne ? Pourquoi pas. Il n'a jamais été très à l'aise avec elle. Elle est si sauvage, si craintive. Il préfère la spontanéité et la vivacité de Jeannette. Pourtant, il va bien falloir qu'ils s'unissent pour faire face à cette disparition soudaine. De toute façon, il verra la meilleure amie de Jeannette à 8 heures avant les cours. Si elle fait sa timide, il ira la voir à la récré. Il va aller lui parler « direct ». Briser la glace.

La cuisine est telle que le garçon l'a laissée après le repas de la veille. Propre et rangée. Rien n'a bougé après la scène.

Pourtant, au début de la soirée, tout avait eu l'air de partir sur de bons rails entre son père et sa mère. Un « Bonjour » bien huilé. Un « Comment s'est passée ta journée » sur le ton juste. Un « Tu aimerais manger quoi, ce soir ? » inespéré. Suivi de « Ce qui te plaira » qui alerta Thomas. Quelque chose n'allait pas. Trop de miel et de courbettes. Rien de juste. Rien de vrai. Ils faisaient des efforts tous les deux, parfois. Mais hier soir, encore, il avait suffi d'un prétexte, d'un grain de sable pour qu'ils s'arrachent les yeux. Et le grain, c'était souvent Thomas. Of course !

« Évidemment, c'est comme l'année dernière. Je vais devoir me débrouiller pour trouver un stage d'observation pour Thomas. Entre toi, qui me laisse tout gérer, et ton fils…

— Maman, je sais ce que je veux faire plus tard. Panique pas ! l'avait interrompue Thomas.

— Bien sûr ! C'est quoi, déjà ! Batteur ? Scénariste ? Oh non ! Scyuuuze miiii ! Interprète ou… traducteur ! pfffff ! Du vent tout ça ! Du vent ! C'est pas avec ce genre de boulot que tu vas faire chauffer ta marmite. »

C'était parti ! La bile, le venin, les sarcasmes qui rendaient toute conversation posée totalement impossible.

« J'irai au resto, avait aboyé Thomas. Pas

besoin de marmite ! Éventuellement, la dernière cocotte Seb à 140 euros ! Le must !

— Thom, arrête de répondre, avait supplié le père du garçon, ajoutant dans un chuchotis : De toute façon, elle t'écoute pas ! »

Sabine Gabet enfournait les bouchées de riz les unes après les autres. Elle avait passé du temps à cuisiner cette recette aux crevettes, façon asiatique, pour ses « deux hommes », mais elle n'en dégustait ni la saveur, ni la couleur, ni rien de rien. Son point de fixation, pour ce soir, c'était le stage de Thomas qu'il fallait trouver pour dans trois semaines. Le redoublement aurait pu permettre à la mère du collégien d'appréhender les choses plus sereinement. Mais cela avait beau être une « redite », une deuxième fois, rien n'avait changé. Tout était source de stress. La rentrée, les fournitures, les nouveaux profs, les évaluations, les sorties pédagogiques, les relevés de notes… tout, tout, tout était « IN-SUR-MON-TABLE » pour la mère de Thom. Alors, par souci de compensation, « le Padre », comme aime l'appeler Thomas, laissait tout glisser depuis longtemps.

« Alors, stage de quoi, cette année ? Vas-y ! Annonce, mon fils ! Surprends-nous ! »

Thomas était resté muet. Il avait enfourné sa

dernière bouchée et commencé à débarrasser comme chaque soir.

« Ben raconte ! Je sais… Pyrotechnicien ! Oh la belle bleue ! Oh la belle rouge ! »

Jeter les restes des assiettes dans la poubelle.

« Ou non ! Trop dangereux ! Heu… Preneur de son ? Avec un gros micro à poils ! »

Remplir le lave-vaisselle en prenant soin de poser les assiettes du fond vers l'avant.

« Chef d'orchestre ? Voix pour la SNCF ? Goûteur d'eau ? Éleveur canin ? »

Passer l'éponge sur la nappe sans qu'aucune miette tombe au sol.

« En même temps "Il n'y a pas de sots métiers, il n'y a que de sottes gens !" disait tata Raymonde ! »

Préparer sur le coin du plan de travail les bols et les couverts pour le petit déjeuner de demain.

« Tu me réponds quand t'as décidé, surtout, prends ton temps ! Y a pas l'feu au lac !

— Au revoir, maman. À demain.

— Ah, d'accord, envoie-moi un SMS, alors ! Ou un mail, avec en PJ ta convention de stage ! »

Thomas avait salué son père et entamé l'ascension de l'escalier de bois qui mène à sa chambre. Sabine avait regardé les pieds de son fils qui s'éloignait. Et baissé aussitôt le regard vers son ongle, cette extrémité d'elle frottant une petite crasse invisible sur la nappe à rayures. Elle s'en voulait déjà d'avoir été trop loin, d'être agressive et méchante. Elle en voulait à son mari d'être retourné à son bouquin. Elle en voulait à son fils, si beau, si grand, si noble, de ne pas s'emporter contre elle pour défendre ses idées, même les plus farfelues. Quelle râleuse invivable !

Thomas a frappé sur le montant de la porte de la cuisine pour indiquer son retour à sa mère. Elle a relevé la tête, surprise, l'interrogeant du regard.

« Jeannette a disparu.

— Disparu ?

— Ouaih ! Disparue ! Volatilisée !

— La fille de Béatrice Beauval ? Tu dis n'importe quoi !

— Ah oui ! J'oubliais ! Tu étais amie avec elle au lycée ! Eh bien, c'est le moment de t'en souvenir ! Elle va avoir besoin de soutien !

— Je l'aimais beaucoup, c'est vrai. Mais "sa" Marie a su faire du vide autour d'elle. Bref, c'est pas la question. Comment es-tu au courant pour Jeannette ?

— Les nouvelles vont vite avec Internet. Le père d'un copain bosse au commissariat. Il est flic. On ne parle que de ça entre nous sur Facebook depuis deux heures !

— Thom, c'est pas drôle ! Tu sais bien que ça me retourne ces histoires-là, arrête de rigoler avec ça ! Tu veux te venger ! Hein ? Le message, c'est “Y a des choses plus graves qu'un stage en troisième”, c'est ça ? Pas la peine de me fiche la trouille pour autant ! Aller, va te coucher maintenant !

— Ça passera sûrement aux infos dès demain. Alors, tu me croiras peut-être ! C'est vrai maman… Y a des choses plus graves ! »

Chapitre 7

Béa regarde les cartons dans son coffre. Elle aperçoit le visage imprimé de sa fille sur les affiches. « Tout ça est surnaturel », gronde-t-elle en claquant sa portière et en s'installant derrière son volant.

Rose Martina, la journaliste, avait pris les choses en main d'une façon étonnante. Elle avait gardé une centaine d'affiches qu'elle s'était engagée à placarder dans le quartier.

Béa doit, de son côté, trouver des volontaires qui arpenteront les rues. Pas simple, mais mieux que de devenir folle à ne rien faire !

Premier arrêt : le collège de Jeannette. Bureau de madame Vincent.

C'est elle qui, hier, lui a téléphoné pour la

prévenir dès 9 h 15 de l'absence de sa fille. C'est de ce bureau qu'est partie la bombe qui a fait exploser sa vie. Juste après ce coup de fil, Béa avait foncé à la maison vérifier que Jeannette n'était pas malade. Rien. Elle avait fait le trajet en courant jusqu'au collège pour s'assurer qu'elle n'avait pas eu un accident, auscultant les trottoirs et les rues adjacentes. Rien. Avec madame Vincent, elles avaient vérifié que Jeannette n'était pas évanouie dans les toilettes ou dans un recoin de l'établissement. Rien. Elle était ensuite retournée chez elle en tentant de se raisonner. Une heure d'attente. Rien. Peut-être que sa puce était au cinéma, en ville, on ne sait jamais ! Elle avait alors roulé pendant deux heures dans le quartier, puis plus loin. Pour rien. Retour à la maison. Vérifier encore. La chambre de Jeannette était comme d'habitude. Rien d'anormal. Vers 17 heures, convaincue qu'il était arrivé quelque chose de grave, Béa avait finalement foncé au commissariat.

Madame Vincent est d'accord pour mettre en place une campagne d'affichage aux abords du collège dès l'heure du repas. Les demi-pensionnaires vont être sollicités. Madame Maupas, qui vient d'arriver dans le bureau, prend connaissance de l'avis de recherche. Elle est livide et s'assoit, tant elle est bouleversée. Elle se porte volontaire pour sensibiliser les élèves. De toute façon, ils apprendront vite la nouvelle, alors autant qu'ils soient acteurs de cet évènement dramatique. Madame Vincent tente de rassurer la mère de Jeannette :

— Ne vous inquiétez pas. Enfin, je veux dire… cela ne peut pas se produire. Pas ici. Enfin… évidemment, vous pouvez compter sur nous. Nous nous chargeons de ce carton. Quelle histoire ! Je n'arrive pas à le croire ! Une petite si mignonne, si intelligente…

Béa n'a pas le temps d'écouter. Elle a bien aperçu les mains de la C.P.E. trembler et sa voix s'effriter, mais ce n'est pas le moment de se relâcher.

Deuxième arrêt : son travail.

La veille, elle avait téléphoné à son patron pour lui dire qu'elle ne viendrait pas. « Vous êtes malade ? Un problème familial ! Mais, je fais comment, moi, pour les fournisseurs ? Votre fille ! Oh vous savez l'adolescence ! Mais non, pourquoi vous inquiétez-vous si tôt ? Elle est certainement partie traîner en ville avec une copine ! Vous savez que… »

Béa avait raccroché au nez du boss ! Juste

inimaginable ! En tout cas, pas question d'avoir à faire à ce gros balourd. C'est Jojo de l'accueil qu'elle vient voir. Une petite bonne femme toute menue avec une voix aiguë, qui passe ses week-ends sur la moto de son homme à bouffer du macadam. Elle en connaît des gens, la Jojo, elle va rameuter toute sa bande de potes et « je t'assure que tes affiches vont s'étaler sur le département entier ! D'ailleurs, je l'emmerde le patron, j'ai un fax et je sais m'en servir. Avec ce qu'il me paye, il peut bien nous offrir un peu de papier et de la technologie, non ! T'inquiète, ma Béa, on va te la retrouver, ta princesse, ça va s'arranger ! T'as quand même pas de bol toi ! Ton mari… et maintenant ta fille ! »

Elle a aussi donné un carton à la station de péage de l'autoroute. Le personnel a été adorable ! Ils distribueront une feuille à chaque voiture et « on va même refaire des photocops parce que cent… c'est pas lourd ! Ce sera écoulé en une heure, et puis sur l'heure du midi ça circule énormément. Mais vous êtes certaine qu'il y a lieu de s'inquiéter ? Vous vous êtes disputées toutes les deux ? »

Chapitre 8

Recroquevillée sur son volant, Béa reprend un peu son souffle. Une chanson rythmée passe à la radio. Une de celles que Jeannette adore chanter. Béa frappe rageusement le bouton de l'appareil du plat de la main. Elle voudrait que le monde arrête de tourner. Elle vient de repasser à la maison voir si sa fille n'est pas rentrée entretemps.

Elle se trouve maintenant garée sur le parking de la clinique Jeanne-d'Arc et elle va avoir besoin de beaucoup de courage… Elle s'en veut un peu de ne pas y avoir pensé avant. Marie est pourtant sa meilleure amie, la marraine de Jeannette, et pourtant elle n'est pas encore au courant de sa disparition.

« Retrouve-moi devant pour ta pause cigarette. Urgent » Le SMS est envoyé. Béa s'adosse contre

sa voiture en scrutant la grande porte centrale du bâtiment blanc.

Quelques minutes plus tard, une belle femme blonde avance d'un pas décidé sur l'allée. Malgré sa tenue en papier bleu, qu'elle porte au bloc, Marie Parent, infirmière anesthésiste, a de l'allure. Elle fait de grands signes en repérant Béa et sourit, comme d'habitude.

— Ouahhh, mais il fait beau dehors ! dit-elle en s'approchant et en lui claquant de grosses bises sur chaque joue. Purée, j'en ai marre de bosser toujours dans ce bloc aseptisé sans lumière du jour ! Et toutes ces inhalations de produits soporifiques ! Si j'me chope pas un cancer avec tout c'que j'inhale là-d'dans… tiens j'aime mieux encore m'en griller une !

La flamme du briquet vacille entre les deux femmes.

— …

— Quoi ? T'en fais une tête !

La pause cigarette dure plus longtemps que d'habitude. Béa sait qu'avec Marie il est inutile d'entrer dans des explications stériles. Elle connaît Jeannette aussi bien qu'elle, et ne peut qu'écarter d'emblée le scénario d'une fugue. Son amie comprend vite qu'il y a lieu de s'inquiéter. Ça ne fait pas l'ombre d'un doute.

Marie s'occupe des deux derniers cartons rangés dans le coffre de Béa, pas la peine de discuter.

— T'as autre chose à faire, ma belle, que de distribuer des affiches dans les rues. Je m'en charge. Toi, tu rentres, tu te fais un thé, tu t'allonges un peu, t'as une tête de déterrée ! Je termine à quinze heures Je passe prendre une douche chez moi, je distribue ces papiers et ensuite je te rejoins. Allez, va ! Rentre ! On va faire face, ma belle.

En roulant en direction de son quartier, Béa fait un bond de plusieurs années en arrière.

⋆

« Regarde-moi ce garçon qui monte ! Ouahh, alors là ! c'est la classe internationale ! »

Marie et Béa sont assises dans le bus qui assure la liaison entre le campus et le centre ville. Marie, c'est la blonde, la grande, celle à qui rien ne résiste. Elle est étudiante à l'école d'infirmières. Élevée dans une famille d'accueil aimante, elle garde néanmoins les traces de son début de vie avec sa mère biologique. Les coups, la trouille, le désenchantement. Mais aussi une force de caractère qui lui permet de résister à tout. Béa, c'est la brune. Elle vient de décrocher son D.U.T. Logistique et transport. Degré de confiance en soi : proche de zéro. Un fond dépressif qu'elle ne sait pas vraiment à quoi attribuer. Ou à qui. Joli visage. Jambes « à damner un saint », comme dit Marie, et des cheveux « dignes d'un conte de fées ».

Elles ont décidé de fêter l'examen de Béatrice en ville. Elles ont vingt-deux ans et déjà cinq années de complicité depuis la seconde. Une amitié solide.

Béa croise les yeux de ce garçon. Il vient de s'asseoir juste en face des deux jeunes femmes. Il regarde par la fenêtre tout en rangeant sa carte de bus. Il tourne vivement la tête, conscient d'être observé par deux paires d'yeux. Il sourit. Après ça… c'est Marie qui gère. « Et patati et patata ! Et tu fais quoi ? Et t'habites où ? Et bla bla bla ! » Béa, elle, baisse les yeux ou fait semblant de découvrir le paysage. Elle a honte de sa meilleure amie qui ne perd pas une minute pour faire connaissance et qui se montre un tantinet curieuse. Quel toupet ! Mais quel cran aussi ! Autant en profiter pour en apprendre un peu plus sur ce bel inconnu et, de temps à autre, l'observer, à la dérobée.

C'est ce jour-là que Laurent est entré dans leur vie.

*

Béa roule toujours, le regard perdu sur la route. Comme il lui manque !

Cette chanson ne lâche pas ma tête, obsédante
comme une idée que l'on cherche. Les paroles m'échappent.
Comme c'est pénible de ne se souvenir que
de quelques bribes de phrases.
C'est comme un fil que l'on tire.
Je tire sur cette corde mélodieuse.
« Tous les cris les S.O.S… »

Chapitre 9

Thomas n'a pas réussi à se concentrer de toute la matinée. Corinne et lui n'ont toujours pas de nouvelle de Jeannette. Elle aurait pu être de retour aujourd'hui. En une nuit, il peut se passer tant de choses ! Les adultes, profs et personnel scolaire, font comme si de rien n'était ! « Ils nous prennent vraiment pour des abrutis », rumine Thomas. S'ils avaient voulu faire croire qu'il s'agissait d'une absence normale, une surveillante aurait au moins demandé au binôme de Jeannette de prendre ses devoirs et de faire les photocopies des cours. Là, tout se passe comme si leur amie avait été « effacée » du collège.

Accompagné de Corinne, Thomas s'est rendu au bureau de la vie scolaire pour tenter d'en savoir plus. Le surveillant assure qu'il ne sait rien.

Avec quelques camarades, ils en ont aussi parlé à la récréation. La majorité de ceux qui ne connaissent pas bien Jeannette ne sont pas inquiets et ne croient pas à cette histoire de disparition. C'est trop gros pour eux. Ça n'arrive que dans les faits divers.

Pourtant, les deux amis en sont arrivés à la même conclusion. C'est du sérieux. Ce n'est pas une grippe ou une jambe cassée qui retient Jeannette loin de sa classe. Il ne s'agit pas non plus d'un week-end prolongé. Non, il est question d'une absence entière, intégrale, complète.

À 12 h 30, le visage de madame Vincent, faussement impassible, ne les a pas rassurés. Bien au contraire. En sortant du bureau de la C.P.E., Corinne et Thomas ont échangé un regard qui en disait long. Alors, d'un pas pressé, ils vont jusqu'à la maison de Jeannette.

La première fois qu'il a fait ce chemin, c'était il y a un an. Il était invité à l'anniversaire de son amie. Pas question de rater cette occasion. Il faut dire que l'amitié tient une grande place dans la vie de Thomas depuis qu'il est arrivé au collège. Avant… c'était le désert. Maintenant, c'est Jeannette. En arrivant dans le salon, il avait été étonné de ne pas y trouver ses camarades de classe.

Devant son air ébahi, Jeannette l'avait regardé bien en face en disant : « Pourquoi s'encombrer du superflu ! Perte de temps ! Moi je vais à l'essentiel… toi, Corinne, Marraine et Maman ! » Il avait été très ému de faire partie de cet « essentiel ». Sa mère était formidable de douceur, et sa marraine, Marie, était une personne… comment dire… spéciale. Corinne était dans son coin, comme d'habitude, à observer de loin. Il avait offert à Jeannette une peluche géante de pingouin. C'était de loin la plus grande de sa collection. Elle avait poussé des « oh ! » et des « ah ! » en la serrant contre son cœur. En faisant le papier cadeau, il s'était dit que c'était peut-être un peu niais d'offrir une peluche, mais, bingo, elle avait adoré. Plus tard dans l'après-midi, elle avait dansé avec, comme si c'était son amoureux. Ils avaient bien rigolé. Il se souvenait aussi des larmes de madame Beauval lorsque Jeannette lui avait chanté un véritable hymne d'amour. Une vieille chanson de Cabrel qui disait :

« Elle m'appelle et puis autour de moi,
c'est le printemps à chaque fois.
Elle est si belle que je lui ai dit
les premiers mots de ma vie. »

Comme il aurait aimé savoir dire ses sentiments à sa propre mère au lieu de se chamailler sans cesse avec elle !

Les deux jeunes se postent devant la porte. Thomas appuie sur la sonnette, déterminé. Rien. La deuxième fois, c'est Corinne qui enfonce le bouton. Plus fort et plus longtemps.

De l'intérieur parvient un bruit de cavalcade. On vient de dévaler les marches de l'escalier. La porte s'ouvre brutalement sur les yeux hagards de la mère de Jeannette. On dirait une sorte de ralenti, comme dans un film. Les deux adolescents voient les cheveux de Béatrice Beauval, soufflés par le mouvement de la porte, retomber doucement, sa bouche, entrouverte dans une expression d'espoir, se refermer lentement et son regard brillant s'éteindre en découvrant que, sur le perron, ce n'est pas ce qu'elle espère qui est là.

Chapitre 10

— Merschal ! Tout de suite dans mon bureau pour un point !

Le lieutenant lève vivement la tête et regarde passer son patron comme un bolide devant son bureau. Il ajuste ses lunettes épaisses. Tente de remettre en ordre sa chemise dans son pantalon… et puis renonce.

— J'arrive commandant, bredouille le lieutenant, qui rassemble les pages de son dossier et ramasse son stylo : Vous m'avez fait peur patron ! Pouvez pas prévenir en entrant dans la pièce ?

Les deux hommes marchent à grands pas dans le couloir central du commissariat.

— Vous voulez que j'm'installe un gyrophare sur le front ? Parce que… j'peux arranger ça, hein ! Si vraiment vous frôlez la crise cardiaque chaque fois que j'vous réveille, j'peux demander à Jean-Jacques de m'fabriquer un truc comme ça !

En réalité, le commandant Montaud adore faire sursauter Merschal et voir son crayon voler à chaque fois. Dès que son collègue se concentre sur une affaire, plus rien n'existe autour de lui. Pourtant, c'est la ruche au commissariat, c'est le moins qu'on puisse dire ! Eh bien, malgré tout ce bruit, Merschal parvient à s'isoler dans sa bulle. En dehors du fait que c'est extrêmement drôle de le surprendre, de cette concentration intense germent souvent des idées inattendues et fructueuses.

Le capitaine Merschal s'installe rapidement et débute sans attendre.

— Bon, désolé de vous faire perdre votre sourire patron, mais la nouvelle du jour, c'est qu'on a une disparition d'enfant.

Montaud grimace.

— Pour être honnête, hier j'ai pris le truc à la légère. La mère m'a pas semblé dans son assiette, ses propos étaient pour le moins évasifs, donc… j'ai été un peu froid avec elle. Et après, elle m'a parlé de cette dispute avec sa fille, au sujet d'un téléphone portable qu'elle voulait, et j'me suis dit que c'était sûrement une fugue. Un truc classique…

Vous pensez ! une gosse, sans son père, avec sa mère sur le dos…

Merschal cherche dans les yeux de son supérieur un soutien, de la compréhension. Il ne voit rien.

— Bref… Ce matin, elle a téléphoné et m'a laissé un message. Force est de constater que… sa fille n'est pas rentrée.

— Vous avez merdé. Continuez !

Le commandant fixe son collègue intensément. Être flic ne signifie pas devenir un gros naze sans cœur noyé dans la paperasse. Il le répète assez souvent à son équipe. L'empathie n'est pas une faiblesse. Bien au contraire !

— Les faits, Merschal !

— La petite s'appelle Jeannette Beauval. Elle a douze ans – Montaud soupire : Elle habite le quartier du Chapitre, au 10, rue des Campanules, avec sa mère. Béatrice Beauval est cadre dans une entreprise de transport. Le père est décédé il y a quatre ans d'un accident de moto.

Montaud desserre sa cravate.

— Elle a quitté son domicile vers huit heures du matin le mardi 25 novembre pour se rendre au collège Marie-Noel à dix minutes de marche de chez elle. Force est de constater qu'elle n'y est jamais arrivée.

Montaud se lève et sort de la pièce lentement.

Le capitaine Merschal n'est pas surpris. Il sait comme son supérieur peut faire preuve de sensibilité, même après trente-deux ans de carrière. Et c'est une sacrée qualité d'avoir gardé du cœur dans ce métier où tout peut endurcir. L'homme revient presque aussitôt avec deux tasses de café fumant.

— Continuez, Merschal.

— Le problème, chef, c'est que j'ai pas grand-chose à vous dire. Quand la mère est venue me voir le mardi soir avant la fin de mon service, j'ai vite pensé à une fugue. La mère et la fille s'étaient disputées la veille. Je pensais qu'elle se faisait du mouron pour rien et pourtant…

— Je sais capitaine ! « Force est de constater » qu'elle a disparu ! C'est bien ça ?

Chapitre 11

Dans le salon, l'ambiance est lourde. Béatrice vient de raconter ce qu'elle sait à ces deux adolescents posés là sur le canapé. La disparition, la stupéfaction, la plainte à la police. Elle a hésité. Quel intérêt ? Est-ce que ce ne sont pas des enfants dans des corps de demi-adultes ? Que connaissent-ils de la vie, de la souffrance ou de l'amour ? Et puis elle s'est souvenue.

★

« Tu sais maman, Corinne a adoré ton repas d'hier ! Elle n'avait jamais mangé mexicain. *Fajitaaaas !* », chantonne Jeannette.

Elles se trouvent toutes les deux dans la cuisine. Béa s'efforce de préparer un repas « équilibré », comme dit la pédiatre avec son air moralisateur, et Jeannette recopie un devoir à rendre pour le lendemain.

« J'espère que vous ne vous êtes pas endormies trop tard !

— … ! Un peu ! J'avoue !, chuchote Jeannette avec un air coquin : Mais ça valait le coup, maman, parce que Corinne, tu sais, c'est pas souvent qu'elle l'ouvre !

— Chérie ! C'est comme ça que tu parles de ta meilleure amie ? Elle n'est pas bavarde, mais tout de même… on ne dit pas ça !!!

— Je parle de son cœur, maman !!! OU-VRIR son cœur !!! Enfin maman ! s'indigne Jeannette : Je disais donc que ce n'est pas souvent que Coco ouvre son cœur, et là… j'avais l'impression que le moindre bruit pouvait stopper ce moment ! Alors j'ai juste écouté. »

Jeannette regarde sa mère intensément, comme lorsqu'elle cherche à élucider un problème.

« Et ? interroge Béa gaiement en pensant à des histoires classiques de garçons du collège.

— Ben… j'suis pas sûre d'avoir tout compris… parce que… elle parlait par énigmes un peu ! Elle ne finissait pas toujours ses phrases mais… dans le noir, on voit des choses, tu sais ? »

Béa s'aperçoit que Jeannette a une expression grave. La même que celle qu'elle avait le jour de l'accident de son père. Un visage qui dit : « Tu peux me dire ce que tu veux ! À moi, on ne me raconte pas d'histoires ! » Et elle n'ose rien dire. Bizarrement, elle se doute presque de l'énormité de ce qu'elle va entendre. Elle a toujours eu un sixième sens pour ce genre d'histoire. À croire même qu'elle attire, comme un aimant, les âmes blessées par ce type de drame. Elle connaît Corinne. Sa timidité semble être l'arbre qui cache la forêt. C'est infondé, mais Béa pressent ce qui va suivre. Pourtant, elle se garde bien d'insister, laissant le choix à sa princesse de poursuivre la confidence.

« Elle a des marques qu'elle cache, maman », chuchote Jeannette.

Elle s'est débarrassée de cette phrase comme on se libère d'un fardeau.

« … ?

— Des bleus !! Dans le dos. Je les ai vus quand elle a vite enfilé son pyjama. Je crois que c'est son père. Qu'il est fou. »

Béa prend une grande inspiration sans quitter sa fille des yeux. Malgré leur relation quasi fusionnelle et cette confiance réciproque dont elle est si fière, la mère a conscience que sa fille peut rompre en un instant ce moment de confidence. Elle se retourne vers l'évier pour continuer de nettoyer la laitue qu'elle compte manger ce soir.

« Et ?… tu voyais quoi dans le noir, ma puce ? » lâche-t-elle d'un ton neutre.

Jeannette répond sur un ton d'évidence.

« Elle pleurait, maman, et surtout… elle était… terrifiée ! »

Béa prend conscience que ce qu'elle a deviné chez la jeune amie de sa fille est une réalité. Corinne est une jeune fille battue par son père. Elle a déjà croisé la mère de Coco à plusieurs reprises. Elle aussi est introvertie, timide, presque apeurée. La mère. La fille. Béatrice est tellement bouleversée qu'elle se retourne brutalement en s'accrochant à l'évier.

Devant l'émotion de sa mère, la jeune fille s'est vite reprise :

« Tu diras rien… hein, maman ! Tu jures de rien dire ? Elle m'a fait confiance maman, j'ai pas le droit de la trahir ! C'est ma meilleure amie, comme une sœur, alors j'ai pas le droit ! »

⋆

Cette conversation date de deux semaines, mais elle la revit avec la même émotion. Elle avait, par la suite, beaucoup réfléchi à cette scène de la cuisine, se jurant d'agir, de réagir. Puis, après en avoir longuement parlé à Marie, elle n'a plus été très sûre de devoir faire quelque chose. Avait-elle bien compris ? Corinne avait peut-être des bleus dus à une chute. Il fallait être certaine. Elle avait tellement peur de commettre une grave erreur.

Elle a donc devant elle les meilleurs amis de sa fille, pas des étrangers en quête de sensations fortes. Et puis, en dehors de cette forme d'honnêteté qu'elle doit à sa fille, Béa se dit que Thomas et Corinne peuvent peut-être l'aider à retrouver Jeannette.

Elle attend une réponse. Ou des informations utiles. Ou bien juste un indice.

Le silence se prolonge dans la pièce mais rien ne se passe comme Béa l'espère. Les deux amis sont tout aussi stupéfaits. Ils ne savent rien. Ils ne comprennent pas et n'ont aucune idée de ce qui a pu arriver à Jeannette.

Enfin… ils sont utiles dans un sens tout de même. Ils assurent à la mère qu'aucun propos de leur amie ne peut faire penser à une colère, une fugue. Rien non plus du côté d'un amour éperdu pour un jeune homme plus âgé l'entraînant dans un road movie.

Jeannette était là le lundi 24 novembre, et la semaine d'avant, comme d'habitude. Pas d'humeur bizarre, pas de sous-entendus curieux, rien à signaler… R.A.S.

Cette chanson m'aide. Bien sûr, je ne chante pas fort.
Je n'ose pas et puis… je veux tout entendre ici
pour essayer de voir, de savoir,
de comprendre un peu.
Où suis-je ?
Un immeuble, une cave ?

Chapitre 12

« Où peut-elle être, mon Dieu ? Je vous en prie, Seigneur, rendez-moi ma petite fille ! Je n'ai plus qu'elle. Vous ne pouvez pas me la prendre elle aussi ! Je vous en supplie, qu'on ne lui fasse pas de mal ! Surtout qu'on ne lui fasse pas de mal ! »

Dix-huit heures. Béa attend son amie en tournant dans la maison comme un fauve en cage. Elle se ronge de ne rien faire. Il est tard. Il fait déjà nuit. La fatigue est telle qu'elle ne pleure presque plus. Dans l'après-midi, alors que Corinne et Thomas s'apprêtaient à partir, elle avait reçu un coup de fil de la télé régionale. Ils voulaient en savoir plus. Voir s'il y avait matière à faire un reportage. Vérifier que c'était une disparition inquiétante, « pas du bidon ». Le journaliste qu'elle avait en ligne avait entendu parler des affichettes sur la disparition de sa fille : « … mais des disparitions, il y en a chaque semaine en France. Rares sont les disparitions qui se terminent en drame. Alors, pour vous, il s'agit de quel type de disparition ? » Béatrice Beauval, sonnée par tant d'indélicatesse et de grossièreté, avait raccroché lentement. Maintenant elle est à sec de larmes. Aride. Elle qui pourtant pleure pour un oui, pour un non. Là… il n'y a plus rien. La voilà encore une fois plongée au cœur d'un drame…

*

L'« autre » drame avait eu lieu un mois de mai. Un 27 mai. Un samedi. C'était le mariage d'un ancien collègue de Laurent. La cérémonie avait lieu au château de Saint-Fargeau. Jeannette avait huit ans. Elle portait une jolie petite robe bleu pâle brodée de partout. Elle courait dans l'herbe avec ses copines. Elle les avait rencontrées voilà à peine une heure, et c'était déjà le grand amour ! Tout le monde était beau, sur son trente et un. Un mariage, c'est l'occasion d'oser des tenues un peu sophistiquées. Béatrice avait opté pour une petite robe noire à pois blancs. Des chaussures blanches, un sac à main blanc et son panama blanc. Laurent s'était écrié en la voyant : « Quelle classe, très chère ! Pour un peu, je vous redemanderais bien en mariage ! Juste pour le plaisir ! »

Il avait rejoint les filles à moto, directement à la mairie. Il avait mis son beau costume gris anthracite cintré à la taille. Elle adorait voir son mari bien sapé. Il était si beau. Il avait attrapé Jeannette au vol et l'avait barbouillée de bisous bruyants. Il faisait beau. C'était maintenant l'heure de la fête : le vin d'honneur. Béa lui tendit un verre de champagne et ils trinquèrent aux jeunes mariés.

« Ouh là… c'est émotionnant, tout cet amour qui plane ! Le maire, l'église, le soleil, les enfants et toi ! Je suis patatras ! dit Laurent en sifflant son verre et en enlaçant sa femme : Marie n'est pas encore là ? Bizarre, les deux inséparables sont séparées !

— Je crois, répondit Béa, qu'elle a flashé sur le grand type brun en costume beige ! Regarde-la, comme elle papillonne. Ce serait super qu'elle trouve enfin un amoureux ! Je ne comprends toujours pas ce qu'elle attend ! »

Béa attrapa deux coupes sur le plateau qui passait derrière elle et en tendit une à son mari. Il était un peu pâle.

« Ben mon chouchou, t'es vraiment fatigué en effet, t'es tout blanc ! »

Ensuite tout avait été très vite. Elle s'était étranglée avec les bulles du champagne en s'apercevant qu'il avait oublié le cadeau pour les mariés dans l'entrée de leur maison. Laurent s'était proposé aussitôt de faire un saut à moto pour récupérer le joli paquet. Ce serait rapide, avait-il assuré. Béa se souvenait de son époux s'éloignant sur le beau gazon vert foncé, de sa démarche unique. Il s'était arrêté près de Marie et du grand type brun. Certainement pour se faire une idée du « monsieur » et pouvoir charrier la belle blonde un peu plus tard. Ensuite, elle ne se rappelle que le bruit caractéristique de sa moto qui démarre. C'est à peu près à ce moment-là qu'elle avait fini d'être pleinement heureuse.

L'accident avait eu lieu six kilomètres plus loin. Laurent avait quitté la route et était mort sur le coup.

⋆

On frappe à la porte d'entrée trois petits coups et la clenche s'abaisse aussitôt. C'est la façon de faire de Marie. Elle n'attend pas qu'on lui dise d'entrer ou qu'on vienne lui ouvrir. Elle entre. Si jamais la clef est tournée, alors on peut être sûre que la première chose qu'elle va dire sera : « Ben quoi ! T'as peur du grand méchant loup ? »

Elles se serrent dans les bras longuement sans rien dire et cela veut tout dire : que Jeannette n'est pas rentrée, qu'il n'y a rien de nouveau, qu'elles sont debout dans le salon, mais brisées en dedans.

27 novembre

Chapitre 13

— Psst !!!! Psst !

Corinne se penche vers Thomas en faisant semblant d'attraper sa règle dans son cartable.

— Regarde, chuchote Thomas.

— J'ai imprimé ça, tout à l'heure, au C.D.I. C'est glauque j'te préviens !

La veille, ils avaient rendu visite à la mère de leur amie, et en étaient ressortis assommés. Enlèvement ! Disparition ! Pédophilie ! Trafic d'enfants !

Mais qu'est-ce que c'est que ce monde où les enfants sont des objets dont on se sert et qu'ensuite on jette ? Ils s'étaient séparés sans trop savoir quoi se dire, étaient rentrés chez eux, avaient fait semblant de terminer une journée « normale » sous les yeux de leurs parents indifférents, avaient mal dormi et s'étaient rendus au collège avec le cœur à l'envers. La troisième journée sans Jeannette commençait.

Thomas glisse à Corinne une liasse de feuilles.

— Incroyable d'avoir pu gruger la documentaliste et imprimer tout ça en douce ! s'étonne la collégienne.

Corinne commence à parcourir les documents et oublie vite l'atmosphère bruyante qui l'entoure. C'est l'heure de « vie de classe » avec leur professeure principale madame Maupas. Son rythme cardiaque s'accélère en parcourant le premier article :

« Alors que le mystère plane toujours sur la disparition d'Annabelle Milla, survenue le 10 janvier dernier dans le centre de la France, son père relance la mobilisation. Une marche silencieuse a réuni plus de 300 personnes, qui ont parcouru le trajet qu'aurait fait Annabelle le jour de sa disparition. Rappelons que certains cas, plus anciens, n'ont jamais été résolus :

Yannisa, 9 ans, disparue le 17 février 2007.

Mathis, 8 ans, disparu le 6 septembre 2007.

Bastien, 6 ans, disparu le 11 septembre 2008.

Martha,10 ans, disparue le 7 juillet 1999.

Manon,10 ans, disparue le 23 décembre 1996.

Jérôme… »

C'est pendant l'heure de « vie de classe » que l'on peut évoquer tous les sujets en rapport avec le collège. La question sur Jeannette vient de là où on l'attendait le moins. D'Adrien, le premier de la classe. Il dit s'inquiéter de la rumeur, qu'il vaut mieux crever l'abcès plutôt que de faire semblant, qu'il est choqué des propos de certains collégiens qui suggèrent la mise en scène d'une élève juste désireuse de se rendre « intéressante », que c'est pas de la blague, une disparition, et qu'il veut la vérité de la bouche de sa prof principale ! Madame Maupas avoue qu'elle ne sait pas grand-chose sur tout ça. Elle sait seulement que la mère de Jeannette est bouleversée et désemparée, et que cette disparition est très inquiétante. Elle imagine que la police est déjà en action, mais elle n'en est pas certaine. Le directeur en sait peut-être un peu plus. Elle va se renseigner.

La sonnerie retentit dans le couloir du bâtiment B. Les élèves s'engouffrent maintenant dans les escaliers pour regagner la cour de récréation.

Corinne est sonnée par le peu qu'elle a lu. Thomas reprend son explication tout en évitant les bolides qui dévalent les marches.

— Et sur le site du ministère de l'Intérieur… Cinquante-cinq fiches… Cinquante-cinq personnes disparues ! Pas uniquement des enfants, bien sûr… seulement onze enfants ! Aaaah ! Mon Dieu ! Ce que je dis est atroce ! Onze… c'est énorme ! C'est comme si tout notre groupe de jeux de rôle était rayé de la carte ! Et pour chacune, Coco, il y a une description précise de ce qu'ils portaient le jour de leur disparition. Tu te rends compte ! Je t'ai juste imprimé la fiche d'Annabelle, regarde comme c'est flippant !

Thomas se met à lire en traversant la cour :

— *« … portait un sac marron noir de marque Easy Style contenant des livres de classe, un carnet de correspondance, un classeur bleu, une chemise cartonnée beige, trois trousses dont une noir et jaune et une en jean, une poupée genre Barbie avec de long cheveux blonds en robe verte… »*

— Arrête Thomas !

— *« … un bonnet violet, des gants de laine noirs taille 10 ans, un pantalon en velours noir… »*

— Stop ! Arrête ! supplie Corinne. Arrête c'est trop horrible tous ces détails ! C'est plus de l'info impersonnelle comme on entend au journal du soir… là ça devient tellement concret que c'en est flippant ! Arrête s'il te plaît !

Thomas soupire en se laissant tomber sur le banc. Son amie a raison. Toutes ces affaires terribles n'éclairent en rien le cas de Jeannette. Ils avaient pensé tous les deux que ces recherches les guideraient vers des pistes. Cela ne fait que les noyer dans des détails morbides. Il range ses feuilles dans une pochette beige en pensant à la chemise cartonnée de la même couleur de la petite Annabelle Milla.

« Dors, mon ange,
Ma douceur.
Dors, en moi je n'ai plus peur,
J'ai trouvé le bonheur. »

Chapitre 14

Rose a juré. Elle vient de raccrocher. C'était la mère de Jeannette Beauval au bout du fil.

C'est le troisième jour de la disparition et les affiches n'ont rien donné de sérieux. Elles doivent faire le point ce soir pour tenter d'y voir un peu plus clair.

La journaliste s'est à nouveau sentie submergée par l'angoisse de cette maman qui supplie et supplie encore qu'on l'aide à retrouver sa fille. Une fois encore, comme la dernière fois dans son bureau, elle ne sait pas quels mots sont réellement sortis de sa bouche pour tenter de soulager cette femme. Elle sait en tout cas qu'elle a juré.

Elle est encore étourdie par ce coup de fil. C'était intensément troublant. L'atmosphère de son bureau semble être paisible, mais le cœur de Rose est encore chaviré.

La journaliste vient d'avoir trente-cinq ans. Son métier est toute sa vie. Elle n'a toujours pas d'enfant faute d'avoir trouvé l'homme qui lui convienne. Ça ne la rend ni triste, ni heureuse, ce n'est certainement pas le moment, voilà tout. Ses copines jalousent un peu sa silhouette fine et musclée, ses beaux cheveux châtains. Mais ce qui fait certainement la force de son physique, ce sont ses yeux. La couleur de ses yeux. D'un vert-bleu si profond qu'il est difficile de ne pas être fasciné. Elle est consciente de ce pouvoir et en joue dans son métier. Évidemment ! Avec madame Beauval, le regard n'était pourtant pas entré en jeu. Avec cette femme, quelque chose d'inexplicable s'était produit. Une communion.

Rose tient la photo de Jeannette dans sa main. Celle qu'elle a scannée la dernière fois.

Elle attrape son répertoire bleu dans le tiroir de son bureau. Elle a un vieux copain qui vit dans le Sud. Un gendarme. Il va certainement pouvoir la renseigner.

L'accent ensoleillé de Michel lui ferait presque oublier la gravité de ce qu'elle apprend :

— Il n'y a que le procureur qui puisse déclencher l'alerte enlèvement, et pour ça, Rose, il faut réunir quatre critères. Pas trois ! Quatre ! Un, la victime doit être mineure. Deux, il faut que l'enfant soit en danger. Trois, il faut que l'enlèvement soit avéré. En clair, que quelqu'un ait vu ta gosse se faire emmener de force dans une voiture, par exemple. Une disparition… même inquiétante, ne suffit pas. Enfin, numéro quatre, il faut que les enquêteurs aient des infos leur permettant de localiser l'enfant ou d'identifier l'éventuel auteur.

Le silence s'installe sur la ligne téléphonique.

— Rose ? T'es toujours là ?

La jeune femme tient le combiné d'une main et sa tête de l'autre.

— Qu'est-ce que je peux faire, alors ? Merde, c'est dingue. Personne ne va bouger ?

La grosse voix du gendarme résonne aussitôt.

— Rose, je peux te rappeler quelques chiffres ? Une étude américaine de 1993 met en évidence que… là je te lis ce que j'ai sur mon écran… « … *sur 621 enlèvements d'enfants qui se sont terminés par un homicide… écoute bien… 44 % des enfants ont été tués dans la première heure… 74 % dans les trois heures et 91 % dans les vingt-quatre heures suivant l'enlèvement.* » Donc… il est peut-être déjà trop tard !

— Mais j'ai ju…

— Je sais t'as juré, t'arrêtes pas de le dire, bon Dieu ! Bien ! Tu me dis que la mère a secoué du monde autour d'elle et que des affiches sont en train d'être placées dans tout le secteur ! Donc… qui t'empêche de faire un article sur cette mère Courage ! Évidemment, t'en profites pour mettre la photo de la gosse, et un numéro de téléphone. Après, y a plus qu'à attendre… et à prier !

La journaliste se lève lentement. Ses mots se précipitent.

— Mais oui ! Mais oui ! Merci mon Michel ! T'es un as ! Un chef ! Un génie ! J'te laisse ! J'te tiens au courant et surtout… merci mon chou !

Comme réveillée d'un songe, Rose quitte brutalement son bureau et marche d'un pas rapide dans les couloirs. À l'étage de la direction, elle fonce vers la porte du rédacteur en chef du quotidien régional. Personne.

— Où se trouve Jack ? crie-t-elle à la secrétaire effarée. Je dois le voir avant la mise sous presse… Non ! Je ne peux pas attendre ! Faites-moi son numéro de portable… Si, faites-le, j'ai dit. Tout de suite… Eh bien recommencez, jusqu'à ce qu'il réponde… Allô ? Jack ?… Je sais mais c'est une urgence. Allô ! Une vraie urgence Jack, crois-moi. Je le sais, c'est tout ! Fais-moi confiance, et il n'y a pas de temps à perdre…

Rose fait de grands gestes, piétine la moquette usée du couloir, s'acharne à convaincre, et puis semble parler plus lentement, le regard rivé au plafond. De loin la secrétaire, d'un air toujours aussi ébahi, regarde la danse bizarre de la journaliste et se dit que c'est bientôt l'heure de rentrer chez elle, d'enfiler son jogging, et de s'affaler devant sa série préférée. Enfin, Rose se retourne vers la femme grise figée derrière son bureau, raccroche, sourit et vient gentiment lui rendre son téléphone.

Un : elle a obtenu de faire paraître un petit article en première page dès le lendemain avec une photo de l'affiche placardée sur un Abribus.

Deux : elle peut lâcher tous ses sujets en cours et se mettre à chercher des témoignages dans l'entourage de Jeannette pour un article plus conséquent dans un jour ou deux. Si, d'ici là, Jeannette n'est pas retrouvée !

Chapitre 15

— Entrez !

Béatrice referme la porte derrière les deux jeunes gens. Avant même qu'ils ne posent la question, elle les informe qu'il n'y a rien de nouveau.

— Le lieutenant Merschal est passé dans l'après-midi. Ils prennent enfin les choses au sérieux. Ils m'ont demandé mon carnet d'adresses, m'ont interrogée sur mon emploi du temps précis du mardi 25. Ils doivent vérifier un certain nombre de choses il paraît !

Puis elle se blottit dans le coin du canapé. Le téléphone fixe est posé sur la table basse. Son mobile aussi. Corinne et Thomas s'assoient avec un maximum de précautions. Ils ne veulent pas déranger, perturber ou interrompre la mère de

Jeannette. D'une voix sombre, elle poursuit comme un automate :

— Ils ont aussi fouillé la chambre de Jeannette. D'ailleurs ils ont fouillé la maison entière. – Le salon est dans un désordre abyssal. La cuisine, que les jeunes peuvent apercevoir de là où ils sont assis, est un vrai capharnaüm. – Il faudrait que je remette tout en ordre ! Qu'ils cherchent des indices dans la chambre de ma puce, O.K. Mais dans la cuisine ou dans le garage, je vois pas trop !

Elle hausse les épaules comme pour montrer son incompréhension. Tout près des téléphones, deux tasses de thé attendent. Une boîte de médicaments, ouverte, dont la plaquette dépasse, côtoie un paquet de cigarettes encore sous cellophane.

— Vous avez repris le tabac ? hasarde Corinne.

Béatrice sourit et ferme les yeux.

— Pas encore, mais j'y pense ! Marie vient de me ramener ce paquet. Elle sait que j'en ai envie, mais elle sait aussi que Jeannette s'oppose totalement à ce que je retombe dans cette drogue. Ça a été si dur d'arrêter il y a quatre ans ! Alors je résiste un peu, même si j'ai l'absolution de mon infirmière personnelle ! – Béatrice ricane : Marie pense que j'ai bien le droit de craquer ! – Elle soupire profondément : Heureusement que je prends des p'tites pilules calmantes, sans ça, je ne tiendrais certainement pas !

Du bruit à l'étage se fait entendre. Comme les deux jeunes semblent surpris, Béatrice poursuit :

— La marraine de Jeannette est là-haut. Elle remet un peu d'ordre dans la chambre de ma princesse ! Sans elle, je me sentirais bien désarmée ! Et puis je ne suis plus bonne à rien. Plus de larmes, plus de jambes, plus de niaque ! Rien.

— Béa, Béa, voyons ! Tu fais comme tu peux ma belle ! – Marie Parent vient d'apparaître en bas de l'escalier : Bonjour les jeunes ! Vous passez aux nouvelles ? Un peu d'émotions fortes, ça titille, n'est-ce pas ?

Béatrice ne réagit même pas à l'agressivité de son amie, elle a déjà le regard lointain.

— Nous sommes inquiets pour Jeannette, c'est tout ! répond Corinne sur le même ton.

— Mieux que la téléréalité n'est-ce pas ? Sauf que, là, ce n'est pas pour gagner un chèque de cent cinquante mille euros. Ni pour faire des photos bidons dans vos magazines !

Marie se place juste derrière la mère de Jeannette et s'applique à lui masser le haut du dos.

Corinne, d'ordinaire si calme et réservée, sort les griffes avec fermeté.

— Pardonnez-nous, Madame, mais Thomas et moi ne sommes pas adeptes de ce genre de programme ! Vous, en revanche, avez l'air bien informée ! Nous sommes là pour Jeannette et pour sa mère. Nous nous sentons impuissants, mais nous voulons être présents tout de même. C'est notre meilleure amie… point barre !

Béatrice intervient enfin après ce vif échange.

— Nous sommes tous à cran et fatigués. Marie, calme-toi, je connais ces jeunes. Crois-moi, ils sont solides et fiables. Eux, au moins, ne sont pas passés à autre chose.

Marie se relâche et entoure de ses bras la mère de Jeannette d'un geste affectueux.

— Tu as raison bébé. Je suis stupide et méchante. – Elle contourne le canapé et s'assoit auprès de Béa en lui attrapant la main : Ne vous inquiétez pas les jeunes, je m'occupe de tout. Ce n'est pas facile, je l'admets, mais mieux vaut essayer de poursuivre votre vie de collégiens et laisser tout ça aux adultes ! – Elle sourit avec gentillesse à présent : On vous préviendra s'il y a quoi que ce soit de nouveau ! Comptez sur nous. Maintenant, Béa doit se reposer. La visite de la police l'a beaucoup éprouvée. Vous comprenez ?

Chapitre 16

Les deux adolescents sont repartis dépités de chez Jeannette. L'agressivité de cette femme les a blessés. Mais peut-être a-t-elle raison au fond. Que peuvent bien faire deux jeunes comme eux dans une histoire pareille ? Ne sont-ils pas un peu « voyeurs » dans tout ça ? Difficile de garder une distance adaptée. Trop loin, c'est de l'indifférence et de l'égoïsme. Trop près, du voyeurisme et de l'indiscrétion.

— À demain, Thom.

Corinne s'éloigne déjà en direction de chez elle, les épaules basses.

— Hey Coco ! – Le garçon a rattrapé son amie en deux enjambées : J'la sens pas la Marie, là ! Elle est glauque à nous parler comme si on était des vicelards ! On s'est laissé virer comme des malpropres en faute. T'as quelque chose d'important à faire chez toi ?

— Oh que non ! répond Corinne qui angoisse déjà à l'idée de croiser son père.

Et, pis encore, sa mère, apeurée et soumise !

— Alors on retourne près de madame Beauval. C'est elle qui doit nous dire si on est de trop ou pas. Pas la grande blonde hargneuse !

Arrivés à l'angle de la rue des Jonquilles et de la rue des Campanules, ils aperçoivent la silhouette élancée de Marie Parent. Elle s'engouffre dans sa voiture verte et démarre en trombe.

— La route est libre, encore mieux ! se réjouit Thomas.

— Entrez.

Madame Beauval n'est même pas surprise de retrouver encore les deux jeunes sur son paillasson. D'ailleurs, elle a déjà fait demi-tour en direction de la cuisine. Thomas fait signe à Corinne de la rejoindre. Devant l'air perplexe de son amie, il ajoute :

— Va lui filer un coup de main. Ça lui fera du bien de parler avec toi. J'vous attends dans le salon. Allez, va !

À peine entrée dans la cuisine, Béatrice

Beauval s'excuse aussitôt de l'attitude de Marie :

— Ne lui en voulez pas. C'est quelqu'un de direct. Trop brutale parfois, mais c'est un travers que j'aime. Au moins, avec Marie, on est vite fixé. Elle ne sait pas tricher ou mentir.

Corinne pense aux paroles de Thomas, tout à l'heure. Qui a raison ? La mère de Jeannette poursuit :

— On a traversé tellement de moments toutes les deux. Des bonheurs. Des douleurs. On s'est toujours soutenues, comme des sœurs. Depuis la mort de sa mère, Marie est bien seule. Une longue maladie. Comme elle est infirmière, elle a tenu à s'en occuper jusqu'au bout. Elle l'a fait venir chez elle, lui a installé une chambre, lui a prodigué les soins... La maison de Marie ressemblait plus à un hôpital qu'à... Bref, elle a été formidable. Alors Jeannette, moi et Laurent, mon mari... on est devenus sa famille.

C'est la première fois que la mère de Jeannette évoque son mari devant Corinne. La jeune fille est un peu mal à l'aise de tant de confidences. Elle entend Thomas qui marche dans le salon. Elle préférerait être avec lui. Mais elle se tait et n'ose pas interrompre le monologue de Béatrice.

Subitement, le ton de madame Beauval se fait plus précis. Un peu comme si elle se réveillait. Surprise Corinne lève ses yeux et s'aperçoit que la mère de Jeannette s'est assise. Elle lui fait signe de s'asseoir elle aussi, juste à côté d'elle. Tout près. Trop près. Corinne ne bouge pas.

— Tu sais que Jeannette te considère comme sa meilleure amie. Elle a confiance en toi et tu comptes énormément pour elle. Parfois, la plus grande preuve d'amitié qu'on puisse faire n'est pas de garder un secret, mais au contraire, d'en parler. Pas n'importe comment, évidemment, pas à n'importe qui non plus. Pas à tort et à travers. – Corinne sent une boule au creux de son ventre qui lui fait de plus en plus mal – Un secret peut être le plus beau des cadeaux, ou le pire des poisons. La dernière fois que tu as dormi ici, qu'as-tu donné à ma fille ?

— Du poison ! aboie Corinne en se laissant tomber sur une chaise, de l'autre côté de la table.

Elle respire fort. Elle manque d'air.

— Non, ma puce, poursuit tout bas Béatrice Beauval, tu lui as offert un cadeau magnifique. Ta confiance. Et Jeannette aurait pu, en revanche, gâcher ce don de toi, en le gardant au fond d'elle-même. Parce que là, à coup sûr, ce serait devenu un poison ! Mais elle a poursuivi la chaîne en m'offrant, à moi aussi, sa confiance.

De grosses larmes coulent sur les joues de l'adolescente.

— Je sais que c'est difficile pour toi, mais je ne dois pas rompre cette chaîne. Je dois en parler, Corinne, à quelqu'un qui pourra t'aider à arrêter ça. À quelqu'un qui expliquera à ton père que c'est mal d'agir ainsi, que c'est injuste et cruel. Et qu'il va devoir trouver un autre mode d'expression que les coups. Aussi bien avec toi qu'avec ta mère.

Corinne déglutit péniblement et pose sa main sur sa cuisse. Là où le pied de son père a provoqué un horrible hématome il y a deux jours. Elle a si mal. Madame Beauval se relève et ajoute en quittant la pièce :

— Tout cela doit s'arrêter, Corinne.

Chapitre 17

On sonne à la porte.

—Va ouvrir Thomas, s'il te plaît, ce doit être la journaliste de L'Yonne républicaine !

Rose Martina surgit dans le salon. Elle tend une poignée de main au beau garçon qui se tient dans l'entrée. Puis embrasse chaleureusement la mère de Jeannette qui les a rejoints.

— La une de demain nous laisse une petite place. Je dois faire un cliché de vous avec l'avis de recherche bien visible. J'en profiterai pour donner le numéro du commissariat. À moins que nous mettions aussi le vôtre ? Qu'en pensez-vous ? D'ailleurs, les affiches ont-elles donné quelque chose ?

Béa attrape, comme un automate, son bloc-notes orange sur un meuble et reprend son calepin rouge :

— Une radiesthésiste, qui m'assure qu'elle peut m'aider à localiser le corps de Jeannette. Très délicat !

« Un chauffeur routier, qui jure l'avoir rencontrée sur une aire d'autoroute avec un groupe scolaire. Elle parlait allemand. N'importe quoi !

« Une Thérèse Morel, qui pense que si j'avais mieux veillé sur ma fille, au lieu d'être un de ces parents laxistes, on n'en serait pas là aujourd'hui ! Affligeant !

« Le capitaine Merschal, qui doit passer après son service. Chouette, manquait plus que ce cow-boy en mocassins à glands !

« Une association basée en Bretagne. Il faut que je me connecte sur leur site pour faire paraître mon avis de recherche. La dame était adorable. Thomas ? Tu peux t'occuper de ça ? L'ordinateur est allumé dans le bureau.

« Une autre radiesthésiste qui, pour la modique somme de 90 euros, m'aidera à retrouver ma fille…

« Bon… en résumé, rien de concret. La plupart de ces gens pensent bien faire, mais c'est autant d'espoirs déçus ! Chaque coup de fil est un supplice !

— Espérons que mon article donnera plus de résultats.

— Ah oui ! rajoute Béa, ta mère m'a téléphoné, Thomas. J'ai été très touchée. Vraiment. Tu le lui diras, s'il te plaît. On s'est promis de passer du temps ensemble lorsque ce cauchemar aura pris fin.

Un silence pesant s'installe dans la pièce.

Rose tapote la cuisse de Béatrice pour la réconforter.

— J'ai refait le trajet de Jeannette cet après-midi. J'en ai profité pour interroger des gens du quartier pour savoir si quelqu'un avait vu quelque chose de bizarre ou pas. Mais un flic était déjà passé le matin. La police a sûrement meilleure presse que la Presse justement. Peut-être qu'il aura été plus chanceux que moi ! Désolée Béa, mais personne n'a rien vu. Difficile à croire, mais ça semble être le cas !

Les deux femmes sursautent au bruit de la sonnette d'entrée. Cette fois, c'est Corinne qui ouvre la porte et laisse entrer un Merschal très inquiet.

Chapitre 18

Le capitaine Merschal vient faire le point. Ce n'est pas dans les habitudes d'un policier de venir au domicile des parents. En fait, ce n'est pas recommandé. Mais probablement que Merschal veut se rattraper. En tout cas, c'est ce que pense Marie, qui n'est pas tendre avec lui en l'accusant de tous les maux.

L'enquête ne donne rien.

Après un problème « à l'allumage », comme ose dire le commandant Montaud à ses collègues, les recherches n'ont malheureusement commencé que le mercredi 26 novembre en fin de matinée, soit plus de vingt-quatre heures après la disparition supposée de Jeannette Beauval. Or, lorsqu'on connaît les statistiques sur les disparitions d'enfants, le pire peut déjà être arrivé.

En plus de ce faux démarrage, les « malchances » se sont enchaînées. Comme par exemple, le congé du maître-chien de la police de la ville. Résultat : quatre heures envolées ! Lorsqu'un autre chien entraîné aux recherches arrive, la journée est déjà bien entamée. Le chien s'arrêtera à cinq cents mètres de la maison de Béatrice Beauval ! « Il ne faut pas lui en vouloir, dira son maître, ils sont perdus. En ville, il y a trop d'odeurs qui se mélangent. »

Malgré tout, les gendarmes et de nombreux bénévoles ratissent la ville et ses alentours dès le jeudi 27 au matin. Les parcs municipaux, le stade, les impasses, les abords de l'église, de la déchetterie, du collège… rien n'est laissé au hasard. Toute la population fait preuve de solidarité, de bonne volonté. Dans les équipes de bénévoles, personne n'a le cœur à frimer, à se mettre en avant, à tirer la couverture à soi. Les conseillers municipaux, au même titre que les particuliers, les notables, comme les gens modestes, les parents, comme les jeunes… tous se sentent concernés par cette recherche. C'est comme une quête commune ! On recherche l'enfant, symbole de l'innocence et de la pureté. Cet enfant pourrait appartenir à chacun d'entre eux. À toi, à lui, à moi. Ceux qui oseraient rester en dehors de cet élan seraient des scélérats, des lâches et des monstres sans cœur.

L'après-midi, la population voit les gendarmes ratisser une fois de plus le terrain à proximité du quartier des Beauval. On les voit visiter les immeubles et les caves, fouiller les berges de l'Yonne, arpenter les alentours, survoler par hélicoptère les communes de Perrigny, Monéteau ou Villeneuve-Saint-Salves. Ils font ouvrir les coffres des voitures quittant la ville.

Le soir, le parquet d'Auxerre ouvre une information judiciaire pour enlèvement.

Béatrice Beauval, shootée par les calmants et par le malheur, ne se rend pas vraiment compte que les choses s'accélèrent. Elle écoute Merschal. Il énumère tout ce qui est mis en branle et espère ainsi la rassurer. Pour elle, si demain personne n'est dans la rue à chercher, alors c'est qu'il ne se passe plus rien. D'un côté, elle a raison. D'un autre, elle a tort. Gendarmes et policiers se sont réparti la tâche. Ils ont prévu, dès demain, de contrôler ceux qu'on appelle les « barjots », c'est-à-dire des hommes ayant des antécédents dans des affaires de mœurs.

Un homme s'est présenté au commissariat à 16 heures en s'accusant de l'enlèvement de

Jeannette. Malheureusement, Merschal n'y croit pas. Cet individu est connu des services psychiatriques pour d'autres aveux bidons. Mais la police se doit de vérifier.

L'affaire s'avère difficile, sans indices. Le juge désigné pour mener l'instruction du dossier demande qu'on lui adjoigne un collègue. Pour le moment, la réponse est non. Encore du temps de perdu !

28 novembre

Chapitre 19

C'est la première heure de cours. Quatrième jour qu'elle n'est plus là. Cette chaise vide au creux de la classe est comme une provocation ! « Qu'est-ce que je fous là ! En classe, comme si de rien n'était ! Qu'est-ce que je fous là à ne rien faire ! C'est Thom qui a raison, on va devenir cinglés. » Corinne tient sa tête entre ses mains. Elle presse son front, frotte ses yeux avec rage. « Quand est-ce que cet affreux cauchemar va s'interrompre ? »

Une main se pose sur son dos, et se retire aussitôt ! C'est Martine Maupas, sa prof, qui lui chuchote à l'oreille :

— Calme-toi Corinne. Dis-toi que tu ne peux rien faire de toute façon. La police va sûrement trouver quelque chose ! Ne t'inquiète pas ! Ta place est dans cette classe.

Le calme se fait dans la salle. La jeune fille sort ses affaires avec résignation et dégoût. Elle en profite pour jeter un regard à Thomas qui s'est installé tout au fond. Il a les yeux tournés vers la fenêtre. Elle sait que lui aussi se ronge de ne rien pouvoir faire. Il ne voulait pas venir en classe. C'est elle qui l'a convaincu la veille à force de mails et de SMS. Lui voudrait arpenter les rues, interroger les passants, fouiller les maisons même ! Quelle folie !

— Bien ! dit la professeure de français. Nous allons commencer une nouvelle séquence la semaine prochaine. Pour aujourd'hui, je vous propose de revenir sur le travail que vous m'avez rendu lundi, c'est-à-dire un dialogue entre…

Thomas tente de se concentrer un minimum : « J'ai rendu un devoir lundi ? » (Ah bon… première nouvelle !)

— … Comme vous vous en souvenez, le sujet était lié à l'étude du Roman de Renart. Mathilde, veux-tu bien relire le sujet, s'il te plaît ?

« Lundi… c'était il y a un siècle ! » soupire Thomas en essayant de se souvenir de ce devoir mystérieux. «… Oh, et puis, rien à faire. » Il renonce, il s'en contrefiche, déjà qu'il ne devrait pas être là ! « Et voilà, ça y est ! Va falloir se coltiner la rédac de Meuuuuusieur Adrien, qui a encore eu la meilleure note, comme d'hab ! Ça me bouffe ! »

La poitrine gonflée d'orgueil, Adrien Mazaoui,

cerveau de la classe de son état, entreprend de lire, « avec le ton », le dialogue qu'il a imaginé entre le loup Ysengrin et le goupil Renart. La moitié de la classe écoute, l'autre fusille du regard le Meuuuusieur qui n'en peut plus. La torture sera de courte durée, heureusement ! Adrien rejoint sa chaise en prenant tout son temps, le menton haut perché et un sourire de fausse humilité posé sur les lèvres. La correction peut commencer. Madame Maupas incite la classe à discourir sur l'amitié apparente entre les deux personnages, sur la ruse de ce Renart, trompeur, rusé, menteur, et sur la morale inventée par le génie Adrien Mazaoui. Thomas a lâché l'observation du paysage et semble curieusement très attentif à ce qui se dit dans la classe. Il tient son menton dans sa main. Ses yeux sombres vont et viennent d'un camarade à l'autre au rythme des échanges. Sur le polycopié distribué par la prof, il lit cette phrase qui clôt le devoir d'Adrien Mazaoui : *« Renart, ce coquin, m'a menti depuis le début. Moi, Ysengrin, j'ai été le roi des naïfs. J'ai cru à son soutien et à son amitié. Comment imaginer que la main qui vous protège et vous donne sera celle qui vous poignardera et vous prendra ? N'est pas ami celui qui attend en retour. La jalousie est bien mauvaise conseillère. Le goût pour la vengeance est pire encore. »*

Chapitre 20

Étienne tape de son pied sous la chaise de Corinne. Elle ne bouge pas. Il recommence, plus fort. Elle se retourne vivement, prête à lui arracher les yeux… Étienne lui indique du regard sa main droite glissée entre le mur et sa table. C'est un papier plié. Un message. Elle l'attrape prestement sans un merci et en prend connaissance aussitôt.

« On est là comme deux andouilles à chercher qui est l'ennemi.

T'as écouté la rédac du génie ? Écoute ce que dit Ysengrin à la fin ! »

À partir de là, cette feuille à gros carreaux perforée, pliée au maximum, va passer de main en main durant toute l'heure à un rythme soutenu. Tous les élèves participent à cette ronde solidaire. Ils savent que Thomas et Corinne sont au cœur d'un drame, et devinent tous qu'il y a là une forme d'urgence et de priorité.

« J'ai pas vraiment écouté ! Suis épuisée !
Pas dormi !
Sois plus précis.
PS : Andouille toi-même ! »

« Tout le monde cherche qui veut du mal à Jeannette ?
Mais pense au renard. »

« Tu crois que ça m'intéresse une histoire d'amitié entre un renard et un loup ! »

« Cherche qui est le renard ?
Demande-toi qui veut du bien pour mieux faire du mal ? »

« Tu me demandes qui veut du bien à Jeannette ?
Ou qui lui veut du mal ? Stp arrête tes énigmes, t'es lourd ! »

« Fais un effort !
(Je veux que tu trouves toute seule !)

Dis-moi juste QUI VEUT DU BIEN à Jeannette ?
PS : y a pas que les renards qui sont rusés.

« Pfffff… Ben moi je lui veux du bien, toi, la classe et sa mère évidemment…
Sa marraine… la journaliste, le flic, les gens…
Y a plein de gens qui lui veulent du bien !!!! »

Le message fait encore un aller-retour. Corinne enrage de ne pas voir où veut en venir Thomas. D'accord, le mal, le bien, l'ami qui est finalement l'ennemi, la ruse de Renart pour piéger Ysengrin ! La flatterie, le mensonge pour parvenir à ses fins… la vengeance ? Elle enrage ! Elle déplie la feuille qui vient de revenir encore une fois. Son ami n'a rien noté de plus ! « C'est quoi ce délire ? » pense Corinne en se retournant vers le fond de la classe. Thomas lui fait signe nerveusement de regarder la feuille. « Je l'ai vue la feuille… Je la vois la feuille et… » Et puis soudain la collégienne voit un mot qu'elle a écrit, entouré d'un double trait…

« Pfffff… Ben moi je lui veux du bien, toi, la classe et sa mère évidemment…
Sa « marraine »… la journaliste, le flic, les gens…
Y a plein de gens qui lui veulent du bien !!!! »
« Il est fou ! ça y est, c'est confirmé… Il est fou ! »

bougonne Corinne en regardant alternativement le mot encerclé et Thomas. Elle secoue la tête de gauche à droite avec une moue de consternation. Mais le garçon insiste et lui fait signe de réfléchir, d'y penser. Il fait aussi mine de se pourlécher les babines et de lisser ses moustaches en mimant Renart... Corinne glisse la feuille sous son classeur et se tient droite, les yeux fixés au mur. Parfois elle se tourne à nouveau vers Thomas pour avoir confirmation qu'il ne plaisante pas, ou qu'il veut revenir sur cette idée délirante. Mais non, le regard noir de Thomas persiste et signe.

« Et entendre ton rire qui lézarde les murs,
Qui sait surtout guérir mes blessures. »

Chapitre 21

Le quartier est calme. Il est 11 h 11 du matin précisément. Corinne a vérifié, Marie Parent est actuellement en salle de réveil auprès d'un patient. C'est ce que lui a affirmé une dame adorable du service… au téléphone. Ils ont donc la voie libre. Le tout, c'est de ne pas trop se faire repérer dans ce quartier résidentiel et de parvenir à entrer dans la maison. De toute façon, Thomas et Corinne sont déterminés à vérifier leur hypothèse. Quitte à passer pour des hurluberlus, quitte à finir au poste de police.

Ils ont discuté longuement. Corinne a raconté les confidences de la mère de Jeannette. Elle a défendu le cas de Marie Parent :

« Cette femme est la marraine de Jeannette. La ma-rai-neuu ! Enfin, c'est du délire, ton truc.

Elle est la meilleure amie de madame Beauval. Depuis le lycée, je crois. Une éternité donc. Et puis elle est infirmière. Sa vocation, c'est soigner les gens, pas leur faire du mal. Et puis, elle s'est occupée de sa mère malade, jusqu'à sa mort. Elle aurait pu la mettre à l'hosto ! Eh ben non ! Elle a tout géré. Et puis, moi, je la connais mieux que toi. Et puis… Thomas, t'es pas sérieux là ! D'ailleurs tu la sors d'où cette idée ? Un flash ?

— Oui, un flash, grâce à Mazaoui ! Tu y crois, toi ? Mazaoui ! Écoute, on fait juste un tour, Coco. On jette un œil. O.K. ?

— Mais on rentre pas.

— On jette un œil et je gère. Si on se fait choper, je prends tout sur moi. Je dirai que je t'ai forcé à me suivre. »

Corinne pense à la fureur de son père si… Et puis merde ! Et puis merde.

Thomas prend l'affaire en main. Plus vite ils iront, plus ils passeront inaperçus. Il contourne la maison par une rue arrière, traverse un jardinet et passe au-dessus du grillage vert qui sépare les deux terrains. Corinne le suit sans bruit. Il se dirige aussitôt vers la grande baie vitrée arrière. Sans perdre de temps, il plaque ses mains sur la vitre et tente de faire coulisser les pans. Fermée. Il reproduit la même manœuvre sur la porte vitrée de droite. Fermée elle aussi. S'il le faut, il cassera une vitre. Avant d'en arriver là, il clenche à tout hasard la porte blanche qui donne probablement sur le garage attenant. Incroyable, elle n'est pas fermée. Thomas n'ose y croire et regarde Corinne avec un regard sceptique. « Dépêche-toi, merde ! » intervient la jeune fille plaquée contre le mur de crépi de la maison. Quelque chose gêne l'ouverture de la porte. Thomas aperçoit la chaudière, des bottes en caoutchouc, un seau… Il pousse brutalement d'un coup d'épaule et entend un craquement sec. La porte est ouverte. Corinne s'introduit aussitôt dans le garage, tire le garçon à l'intérieur et referme vivement la porte. Il fait sombre, mis à part un rai de lumière qui passe sous la grande porte métallique. Thomas comprend ce qui a craqué si bruyamment. C'est le manche d'un balai-brosse qui avait glissé derrière la chaudière et entravait la porte. Quelle chance inouïe ils ont d'avoir trouvé cette porte déverrouillée ! Pourvu que la chance veille encore sur eux. Maintenant qu'ils sont ici, Thomas se demande si cette hypothèse de « chercher l'ami pour trouver l'ennemi » est une si bonne idée que ça ! La chaudière vient de s'arrêter de ronronner. Corinne tend l'oreille. Son rythme cardiaque est au maximum. Elle s'oblige à inspirer et à expirer pour retrouver un semblant de calme. Puis, délicatement, elle traverse le garage et s'approche de la porte située sur la droite. Celle qui donne dans la maison. Après quelques secondes passées l'oreille collée sur le bois blanc, elle baisse la clenche.

— Et merde ! râle-t-elle en constatant que celle-ci est fermée.

Thomas s'approche :

— Quand on a quelque chose à cacher, on ne laisse pas tous les accès ouverts ! Faut pas rêver non plus !

— En même temps, criminel ou pas, tout le monde ferme sa porte en sortant ! Non ? Imagine qu'on se soit un peu emballé ! Cette femme est pas nette, O.K. ! Mais de là à faire du mal !

— De toute façon, dit Thomas, on est là, alors autant aller jusqu'au bout ! Regarde en bas ! C'est quoi ce truc ?

Corinne s'agenouille devant la porte.

— Une chatière ! J'savais pas que cette femme avait un chat ! Tu vois Thomas, elle n'est pas si mauvaise que ça ! Il est encore temps de sortir ! On a juste cassé un balai !

Thomas secoue la tête de gauche à droite.

— Non, Coco ! Je sens qu'elle cache son jeu, cette bonne femme ! J'te l'ai dit… le mensonge, je le sniffe à des kilomètres ! Et là, on a affaire à une championne olympique !

Thomas est accroupi et commence déjà à démonter le cadre blanc à l'aide de son couteau suisse. Une fois de plus, cela semble si simple. La tête de Thomas disparaît par le trou qu'il vient de dégager. Il gigote un peu et réapparaît.

— Le loquet est juste sous la poignée. Vas-y Corinne, glisse-toi à l'intérieur au maximum. Tu dois pouvoir l'atteindre sans problème.

La chaudière tourne toujours à plein régime dans le garage. Pourtant, un souffle glacial semble venir de l'intérieur de la maison. Corinne le remarque aussitôt :

— Bizarre, elle a mis du chauffage et pourtant il caille là-dedans ! Clac ! Ça y est ! Maintenant, c'est le moment de vérité !

Chapitre 22

Jeannette est là.

En visitant la maison vide et froide, ils ont cru un moment qu'ils avaient fait fausse route. Que c'était un délire. La dernière porte qu'ils ont ouverte est celle qui mène au sous-sol. Dix ou vingt marches de béton blanc à descendre.

Jeannette est là. Elle est allongée sur un grand lit médicalisé. Une barrière en fer la tient comme en cage. Un drap blanc recouvert d'un plaid beige la recouvre jusqu'au torse. Ses mains sont posées sur son ventre, tel un gisant. Derrière le lit, se dresse une potence à laquelle est attachée une poche de liquide transparent. Un fin tuyau en descend, interrompu par un goutte-à-goutte. Au fond à droite, tout un appareillage médical est entreposé. Une machine, blanche elle aussi, clignote et émet des bips légers et rythmés. Sur une table écarlate, une coupelle contenant une seringue et trois petits flacons semble avoir été oubliée. Un sachet de coton à démaquiller éventré, tel un intrus, gît dans ce décor de chambre d'hôpital. Car c'est bel et bien une chambre d'hôpital que Corinne et Thomas découvrent derrière la porte du sous-sol. Blanche, calme, aseptisée, équipée et surchauffée.

— Appelle une ambulance, Thom ! vite !

La voix de Corinne résonne et transperce le silence.

Thomas recule doucement. Il voudrait dire quelque chose tant il n'en croit pas ses yeux. Il voudrait crier : « Putain, on l'a trouvée ! C'est pas vrai ! Je le crois pas ! On l'a trouvée ! » Mais sa langue, sa bouche, son visage entier sont paralysés. Corinne grogne un « Magne-toi ! » qui l'électrocute. Thomas inspire puis escalade l'escalier de béton quatre à quatre.

La jeune fille a peur de s'approcher. Ses lèvres tremblent un peu. Elle respire tellement fort que cela semble envahir la pièce. Elle qui voudrait ne faire aucun bruit et écouter, la voilà qui souffle comme un buffle asthmatique !

Elle pense que Jeannette est vivante. On ne place pas un mort sous perfusion ! N'est-ce pas ?

Malgré tout elle a peur. Le visage de son amie est tourné vers le mur. Elle ne peut qu'apercevoir ses cheveux, son oreille et l'arrondi de sa joue. Elle essaie de se calmer, de gérer sa respiration. À pas de velours, elle se rapproche, puis se penche.

29 novembre

Chapitre 23

Il est tôt. Le commissariat se réveille peu à peu. Des fonctionnaires de police rejoignent leur bureau un à un. D'autres, le visage fatigué, terminent leur permanence et s'apprêtent à rentrer chez eux. Le téléphone sonne déjà d'un peu partout. Un début de week-end habituel ! Mais rien à côté de l'ambiance qui régnera d'ici quelques heures ! Béatrice est adossée au crépi beige du couloir. Elle ne voit que les chaussures passer et repasser, le regard vide. Épuisée de ces cinq jours qui ont semblé durer une éternité.

La veille, le commandant Montaud avait tenu à lui parler dans le couloir du service où Jeannette a été admise. Il reconnaissait que le début d'enquête avait été plus que laborieux. Qu'il y avait eu des problèmes de « démarrage » ! Que Merschal était persuadé d'une fugue pendant les premières vingt-quatre heures, et que lui-même n'avait été informé que tardivement de la disparition de Jeannette. Le procureur, convaincu lui aussi qu'une dispute entre mère et fille était à l'origine de cette histoire, avait tardé à réagir. Bref... heureusement que les gosses, Corinne Valesse et Thomas Gabet, avaient fait preuve de « désobéissance » et de flair ! Un comble d'entendre un flic dire que des mouflets de douze-treize ans avaient du flair ! De toute façon, hier soir, Béatrice Beauval n'avait rien envie d'entendre de la part de la police. Elle ne faisait de reproche à personne pour le moment. Seule sa fille, vivante et présente, lui importait.

— Madame Beauval !

La jeune femme ne cille même pas. Le lieutenant Merschal traverse le couloir et s'approche doucement. Il toussote bêtement pour signaler sa présence. C'est ce qu'on fait habituellement pour ne pas faire sursauter quelqu'un. Alors il le fait. Béa relève juste le regard, le visage toujours baissé.

— Pardonnez-moi de vous avoir fait venir si tôt, dit Merschal, mais je pense qu'il va vous falloir encore un peu de courage pour écouter ce que j'ai à vous dire. Vous me suivez dans mon bureau ?

En s'asseyant, Béa fait signe au capitaine de commencer ses révélations. Elle ne sait pas vraiment à quoi s'attendre. Elle a eu beau tourner le peu qu'elle sait dans sa tête, elle ne parvient pas à comprendre, à réaliser que… Marie… son amie, sa sœur… a voulu détruire sa vie. Elle préfère affronter la réalité le plus vite possible et retourner glisser sa main dans celle de sa princesse.

Le capitaine se racle la gorge. Encore une chose qui se fait pour annoncer qu'on va prendre la parole. Ce policier est un cliché ambulant !

— Avant toute chose, madame Beauval, je tiens à m'excuser de mon attitude lors de notre première rencontre. Mes premières hypothèses se sont révélées erronées et…

— J'ai déjà écouté votre supérieur hier. Alors épargnez-moi les redites, capitaine. Ma fille m'attend, j'ai autre chose à faire.

— Bien… je comprends. – Merschal déglutit et poursuit : Nous avons interrogé madame Marie Parent jusqu'à il y a… – il regarde sa montre – … une heure environ. Après la découverte de votre fille, nous avons effectué une perquisition dans la maison de la suspecte. Nous avons trouvé un certain nombre d'éléments accablants. De plus, la saisie et l'analyse de son ordinateur devrait nous permettre d'y voir plus clair dans les jours qui viennent. Tout ça va prendre un peu de temps. Mais en réalité, l'affaire n'est pas bien compliquée. Un collègue est en train de prendre la déposition de votre amie, puis elle sera transférée immédiatement à la maison d'arrêt.

Béa pose doucement une main sur les notes du lieutenant :

— Ne dites pas « votre amie », capitaine ! S'il vous plaît !

— Hum ! Évidemment, je suis désolé ! Hum ! Donc… – Il chausse ses grosses lunettes et regarde la mère de Jeannette : Pardon, je ne vous ai même pas demandé des nouvelles de la vic… de votre fille.

— Ça va aller. Merci à vous. Le médecin est rassurant. Les sédatifs qui lui ont été administrés sont puissants. A priori, les anesthésiants et les calmants n'ont pas fait de dégâts. Le docteur m'a parlé d'amnésie antérograde, ce qui signifie que les sédatifs lui ont fait oublier l'enlèvement et le reste. J'imagine que vous voudrez l'interroger elle aussi ? Vous risquez d'être déçu. En tout cas, elle est résistante ! Elle reste sous surveillance. Ça va aller !... continuez, je vous en prie !

— Oui, donc, madame Parent a été retrouvée

quelques heures après à la clinique Jeanne d'Arc, sur son lieu de travail, donc. Elle s'était réfugiée dans une salle de repos réservée au personnel de nuit. Elle n'a opposé aucune résistance et a tout avoué une fois dans nos murs. – Le lieutenant marque une pause et poursuit : Votre mari est décédé d'un accident de la route il y a quatre ans, n'est-ce pas ?

Béa se raidit.

— Je ne vois pas ce que la mort de mon mari vient faire ici ! dit-elle sur un ton presque agressif.

Le policier fait un geste d'apaisement de ses deux mains.

— Je vais vous expliquer, Madame, restez calme s'il vous plaît. Je vous ai prévenue que ce ne sera peut-être pas simple à entendre. Donc... depuis quatre années, à ce que madame Parent nous a révélé, votre am... elle... préparait sa vengeance. De son point de vue, vous êtes responsable de la mort de Laurent Beauval qui a eu lieu le samedi... – il cherche dans son dossier – ... le samedi 27 mai 2006.

Les yeux de Béa vont de droite à gauche comme si elle perdait pied.

— Ce jour-là, votre mari est retourné chercher quelque chose à votre domicile. Un objet que vous aviez vous-même oublié et que vous lui avez enjoint d'aller chercher au plus vite.

— Faux. Archifaux. IL l'avait oublié. IL a voulu aller le chercher. IL…

Elle jappe maintenant, comme un chien furieux.

— Je vous en prie, Madame, je n'ai pas dû être assez clair. Je tente, le plus fidèlement possible, de vous transcrire ce que Marie Parent nous a raconté. Je ne sais pas si c'est la vérité, mais c'est… sa vérité. Et c'est à ça qu'elle s'est accrochée, semble-t-il, pour mener à bien son plan. Je peux poursuivre ?

Béa se rassoit. Des larmes silencieuses dévalent sur ses joues.

— Donc… ce jour-là… était un jour important pour elle. Toujours selon elle… votre mari devait vous annoncer qu'il souhaitait divorcer.

— …

— Pour vivre avec elle.

— …

— Ils s'aimaient, semble-t-il, depuis leur première rencontre.

— …

— Et… Marie Parent était, au moment de cet accident, enceinte.

Chapitre 24

Béa sort du bureau du capitaine Merschal abasourdie par tout ce qu'elle vient d'apprendre. Au début, elle n'a pas voulu y croire. Elle a pensé que c'était une pure invention. Une hypothèse farfelue des enquêteurs. Et puis elle a pensé que Marie avait perdu les pédales. Trop de surmenage. Enfin, que c'était un coup de folie. Qu'elle n'était pas elle-même en faisant tout ça.

Elle ? Enlever Jeannette.

Elle ? Aimer Laurent en secret. Être sa maîtresse.

Elle ? Vouloir se venger de ce stupide accident de la route.

Pour la convaincre, le capitaine avait dû lui montrer des lettres, des photos, des mails. Juste un petit aperçu de cet ignoble mensonge. Ce qu'elle avait retenu, c'est que cette liaison avait duré les onze années qu'avait duré son mariage. Marie avait révélé à la police ne pas avoir supporté cet engagement devant Dieu et devant les hommes qu'était le mariage. Elle s'était dit que les deux êtres qu'elle aimait le plus au monde, Béa et Laurent, s'unissaient et la laissaient seule. Elle avait alors voulu s'immiscer dans ce couple parfait et soudé. Rester au plus près d'eux. Elle attendait son heure. Un évènement qui lui permettrait enfin de prendre, ou de reprendre, sa place auprès de votre mari. Si cela peut vous rassurer … je sais, par expérience … qu'il est inutile de chercher de la cohérence dans ce genre d'histoire où justement … tout est incohérent. Un évènement en appelle parfois un autre, et puis c'est l'engrenage. Sa soif de vengeance s'est construite peu à peu et Jeannette est devenue sa cible.

En sortant du bureau de Merschal, Béa rumine et doute encore.

Cette femme est folle. Sa meilleure amie, maîtresse de son mari, pendant des années. Cette femme est vraiment folle. Sa meilleure amie, enceinte de son mari.

Cette femme est complètement tarée. Sa meilleure amie qui en vient à imaginer une vengeance abominable en s'en prenant à sa propre filleule, à Jeannette. Qui installe, dans son sous-sol, tout le matériel nécessaire pour mener à bien son plan. Qui récupère ce lit médical qu'elle avait fait installer pour sa mère malade. Qui emporte de sa clinique les appareils, le matériel, les sédatifs... jour après jour, patiemment... qui joue à la marraine aimante alors et qui plante l'aiguille dans la veine de Jeannette.

Soudain, Béa sent son sang se glacer. Elle est encore dans le commissariat. Devant elle, escortée par deux hommes en uniforme, menottée, Marie traverse le hall. Son visage est impassible et elle l'observe tout en marchant. Mon Dieu, ce regard. C'est de la haine ! De la haine et une forme de victoire aussi. En un regard, celle qu'elle croyait être sa meilleure amie lui dit : « Tu as souffert ces derniers jours ? Bien. La souffrance de l'absence. Celle de ton homme. Et celle de ton enfant. Une double peine ! Eh oui !... C'était ton tour. »

Comment en sont-elles arrivées là ? Et surtout, comment ne s'est-elle rendu compte de rien durant toutes ces années ? Le mensonge. Les manigances. La flatterie. Les fausses confidences. La pitié. L'empathie. L'amitié... Quelle gourde ! Quelle abrutie elle avait été ! Et Laurent. Cet homme qu'elle aimait encore malgré l'absence, malgré la mort. Cet homme, à qui elle était restée fidèle depuis ce jour tragique ! Son mari… amant de sa meilleure amie ! Quel mauvais film ! Quelle faute de goût ! Quelle déchéance, et quelle honte aussi !

Maintenant Marie a disparu, emportée par des silhouettes bleu marine. Béa se sent épuisée. Elle repense à la dernière phrase de Merschal, il y a quelques minutes : « Ce qui a fini de l'achever, a-t-il expliqué, c'est qu'elle a perdu le bébé durant le troisième mois de grossesse. Une fausse couche probablement. Elle n'a pas supporté la solitude, alors que vous… il vous restait votre fille. »

Sa fille.

Marie avait échoué. Sa princesse était revenue. Et c'était la chose qui importait le plus. Jeannette était toujours là. Et rien d'autre ne comptait.

Tout va bien maman. Tu es là. Je suis là. Je n'ai pas eu le temps
d'avoir vraiment peur. Nous étions liées en permanence.
Je t'ai sentie près de moi. J'ai chanté pour empêcher
que tu t'éloignes. Sans cesse. Autant que possible.
J'ai chanté. Ta voix m'accompagnait.
Ne t'inquiète pas pour moi.
Je t'aime maman.

Maman ! Je suis là.

Chapitre 25

Thomas secoue nerveusement sa jambe et mâche l'intérieur de sa joue. Une vieille habitude qu'il a prise et qui l'agace au plus haut point. Il vient de rendre visite à Jeannette dans la chambre 112 du service de soins intensifs. Il est rassuré. Elle a très peu parlé mais son visage était souriant et paisible. Elle dit qu'elle ne se souvient pas de grand-chose et qu'il ne faut pas « stresser » pour elle. Évidemment, il n'a rien montré à son amie de son inquiétude, mais il n'arrive toujours pas à croire que tout se termine aussi « bien ». Il a un peu honte de penser ça, mais, réellement, il pense que c'est une histoire de fou. Enfin de folle… vu ce qu'il a entendu dire sur la fameuse marraine de Jeannette. Ce qu'il ne comprend pas… et il a besoin de comprendre pour refermer la porte de cet épisode... ce qu'il ne comprend pas, donc, c'est comment Jeannette a réussi à surmonter quatre jours de séquestration. Il veut en parler avec Corinne, qui est actuellement dans la chambre de la convalescente. Thomas l'attend, assis sur un banc devant la grande entrée de l'hôpital.

Justement, la voilà qui arrive à grandes enjambées. Thomas a remarqué que la jeune fille timide a beaucoup changé ces derniers jours. Étant repérée comme « la meilleure amie de Jeannette », les élèves du collège ont pris l'habitude de venir chaque matin auprès d'elle pour lui demander des nouvelles. À longueur de journée, Corinne devait répéter le peu qu'elle savait et les rassurer aussi. Tout le monde était tellement inquiet. Les adultes aussi, profs, surveillants, parents, venaient la voir pour en savoir plus. Tous les soirs, accompagnée de Thomas, elle passait à la maison de son amie. Si la mère de Jeannette n'était pas là, alors ils restaient tous les trois en contact par SMS. Corinne avait pris de l'assurance et cela lui allait bien. Dire qu'auparavant il la trouvait fade et transparente ! Il s'était bien trompé.

— Alors ? Comment tu l'as trouvée ? demande aussitôt le jeune homme.

— Elle fait du mieux qu'elle peut, je pense. Elle

est encore très fatiguée par tous ces sédatifs ingurgités… c'est normal ! En tout cas, elle a l'air d'avoir le moral ! Elle pense que sa marraine ne lui aurait pas fait de mal au final. Mais je ne suis pas certaine que sa mère lui ait tout expliqué en détail.

— Et elle est où, là, la mère de Jeannette ? questionne Thomas.

— Elle fait un dernier « câlin à sa poulette » et elle nous raccompagne chez nous. Je lui ai dit qu'on pouvait rentrer à pied, mais elle ne veut rien entendre.

Corinne fait un geste d'impuissance pour souligner sa phrase.

Les deux jeunes attendent côte à côte. C'est la fin de la journée. Le soleil est bas et tout prend une teinte orangée autour d'eux. Thomas inspire profondément. Corinne ferme les paupières et offre son visage à la chaleur des derniers rayons.

— Le truc que j'comprends pas, dit Thomas, c'est… enfin, j'veux dire… elle a pas dormi tout le temps ! La marraine bossait pendant la journée, non ? Puis le soir, cette… cette… femme passait beaucoup de temps avec la mère de Jeannette. Avec nous, aussi. Donc… comment ça se fait qu'elle se souvienne de rien ? Elle ne savait même pas qu'elle était avec sa marraine !

Corinne garde toujours le visage tendu vers le ciel. Thomas poursuit :

— Mince ! Elle a dû avoir les chocottes quand même ? La trouille de sa vie, même ? Elle savait qu'elle était retenue non ? Moi, je ne prendrais pas les choses aussi bien ! Et pourtant...

— Elle savait, oui. Elle a dit au policier qu'elle a vu dans le regard de sa marraine qu'elle mentait peut-être. Ensuite, une fois dans la voiture, elle ne se souvient plus de rien. À part des bips... parfois. Tout était automatique, Thomas ! C'était une sorte de pompe qui injectait des doses de somnifère ou de je ne sais quoi dès que Jeannette reprenait conscience. Et puis, c'est son boulot. Elle a choisi un truc genre Valium qui a rendu Jeannette amnésique juste de ce qu'il faut. En fait, elle a oublié l'enlèvement et la séquestration.

Corinne garde le silence une minute puis reprend :

— Moi je crois que j'ai compris comment elle a réellement tenu le choc, Thom !

— Ah ! Ben dis-moi alors, parce que j'aime pas ne pas comprendre !

— Elle m'a dit qu'à chaque fois qu'elle reprenait conscience... eh bien... elle chantait dans sa tête.

— Tu te fous de moi là ? s'indigne Thomas.

— Non, j'te jure. Avec sa mère, elles se chantent

tout le temps des chansons avant de s'endormir. Elles ont surtout pris cette habitude depuis l'accident de son père. Alors… pour ne pas avoir peur, eh bien… elle chantait.

Thomas regarde, incrédule, le visage paisible de son amie.

— Tu sais, Thomas, quand une situation nous dépasse, qu'on est immobilisé par la peur, ou par les somnifères, qu'on est prisonnier de son corps, ou d'une prison… on tient comme on peut. Regarde Mandela. Il récitait un poème dans sa cellule : « Je suis le maître de mon destin. Le capitaine de mon âme. » Eh bien Jeannette, elle chantait.

— Elle chantait ? répète-t-il comme pour se convaincre. Elle chantait ? O.K. !... Elle chantait.

Sur le chemin du retour, la mère de Jeannette allume l'autoradio pour meubler le silence. Elle a eu son compte d'ambiance lourde. Elle veut de la légèreté à la place de l'angoisse. La musique peut accomplir ce miracle. Le volume est si fort qu'il est impossible de se parler. Sur les ondes passe une chanson qu'ils connaissent tous les trois. Un rythme reggae joyeux, entraînant. Les paroles résonnent dans la voiture :

« Ma p'tite Lady,
Elle est ce qui me reste
Quand j'ai déjà tout essayé.
Elle chante quand la vie me blesse
Et je chante à ses côtés.
Dans les orages, les tempêtes,
Jamais elle ne m'a quitté
Quand je m'arrête
D'avancer... »

Ils se regardent, presque étonnés de cette coïncidence. Est-ce que c'en est une d'ailleurs ? Pourquoi ont-ils le sentiment que Jeannette est avec eux, dans la voiture, en ce moment même ? Béatrice esquisse un sourire et commence à fredonner. Corinne se retourne vers Thomas, en balançant sa tête au rythme de la chanson. Du regard, elle encourage son ami à accompagner la mère de Jeannette.

Alors, tous les trois reprennent à tue-tête le couplet :

« Elle est dans ma tête,
Elle ne m'abandonne jamais,
Je la trouve encore plus belle,
quand elle s'habille en reggae,
Elle me suit, à chaque voyage loin d'ici,
Elle est ma lady Melody. »

Sélection de titres publiés chez Oskar Éditeur
Pour plus d'informations, consultez notre site :
www.oskarediteur.com

Viviane Faudi-Khourdifi
BD d'enfer

Passionné de dessins et de BD, Athanaël est sujet de curiosité pour ses camarades de collège. Il a aussi tous les symptômes de la dépression. Un jour, il ne revient pas au collège... Ses amis enquêtent.

Christophe Léon
Engrenages

Quatre amis poussés par l'impulsion d'Aymar, leur chef de bande qui comme Rambo ne pense qu'à faire la guerre, montent un commando de choc. Ils vont commettre l'impensable...

Maryvonne Rippert
Alabama blues
Lou a l'impression d'être transparent et à la maison, il ne trouve pas sa place. Un jour, il croise Dexter La Cie, musicien « apparemment » SDF. Cette rencontre va changer sa vie... Alabama blues est le premier livre qui permet l'écoute gratuite et intégrale, avec un smartphone, des chansons qui rythment sa lecture. La bande originale est signée par le groupe Les Chics Types.

Publié par Oskar éditeur
21, avenue de la Motte–Picquet
75007 Paris - France
Tél. : +33 (0)1 47 05 58 92
Fax : + 33 (0)1 44 18 06 41
E–mail : oskar@oskarediteur.com
Site Internet : www.oskarediteur.com

Auteur : Sophie Bénastre
Conception graphique de la couverture :
Jean-François Saada
Direction éditoriale : Françoise Hessel
Mise en page : David Lanzmann

ISBN : 979-10-214-0009-2
Dépôt légal : Janvier 2013
Imprimé en Europe
Loi n° 49–956 du 16 juillet 1949 sur
les publications destinées à la jeunesse